希波克拉底的誓言

[日] 中山七里 —— 著
周天艺 —— 译

中国工人出版社

图书在版编目（CIP）数据

希波克拉底的誓言 / (日) 中山七里著；周天艺译.
-- 北京：中国工人出版社，2022.5
ISBN 978-7-5008-7924-4

Ⅰ.①希… Ⅱ.①中… ②周… Ⅲ.①推理小说—日本—现代 Ⅳ.①I313.45

中国版本图书馆CIP数据核字（2022）第079882号

著作权合同登记号 图字：01-2021-1065

希波克拉底的誓言

出 版 人	董 宽
责任编辑	姚 宁
责任校对	丁洋洋
责任印制	黄 丽
出版发行	中国工人出版社
地 址	北京市东城区鼓楼外大街45号 邮编：100120
网 址	http://www.wp-china.com
电 话	（010）62005043（总编室） （010）62005039（印制管理中心） （010）62379038（社科文艺分社）
发行热线	（010）82029051 62383056
经 销	各地书店
印 刷	三河市万龙印装有限公司
开 本	880毫米×1230毫米 1/32
印 张	10.5
字 数	221千字
版 次	2022年7月第1版 2022年7月第1次印刷
定 价	48.00元

目 录

第一章　生者与死者

1

“你喜欢尸体吗？”

面对陌生女人突如其来的发问，真琴一时竟不知如何作答。

这是十一月的一天。冬日里惨淡的阳光透过窗户，照进法医学教室。教室里那个突然发问的女人赫然坐在真琴面前，她赤发碧眼，日语却极为流畅。

“啊，抱歉忘了做自我介绍。我是法医学研究室的副教授，我叫凯茜·彭得顿。”

“我……我是实习医生梅野真琴。”

真琴连忙回握女人伸出的手。慌乱中她注意到对方的手骨节分明、纤细修长，比起拿手术刀，看起来更适合弹钢琴。但她的长相却绝对算不上漂亮，粗眉方腮，一脸的坚韧正气，即便是恭维客套，也很难违心夸赞她是美人。说得再难听点，她浑身也就只有名字和这双漂亮的手还算有点儿女人味儿了。

“那么，你……喜欢尸体吗？”

“倒也说不上喜欢……”

“那就是讨厌咯？”

“没……没有啦，我是觉得对尸体谈不上喜欢不喜欢吧。”

话音刚落，只见彭得顿双目圆睁斥责道：“你既然不喜欢尸体又何必来法医学研究室呢？你不知道解剖医生都是什么待遇吗？”

我当然知道。其他学生、实习医生也都清楚得很，大家都心知肚明。

解剖医生的收入远远低于临床医师，而在大学里工作的医生的待遇也远远不如私营医院。那么在大学里当实习解剖医生，就无异于大南门里种南瓜——难上加难。

“我的志愿填的是内科，但是临床医学研究室主任让我来这儿。”

“临床医学研究室主任？啊，你是说内科的津久场教授？所以呢，他为什么要你来这儿？”

“津久场教授说我知识面还不够广，所以最好……教授还说会综合我在法医学研究室的实习表现给我打分。”

日本的医科大学是六年制，毕业后通过国家考试的医学生才能拿到医师资格证。但因为如果没有医师资格证，在法律上就不具备从医资格，所以医学生在拿到医师资格证时并没有实际的临床经验。也就是说，在现行的医学考试机制下，只能向社会输出大量毫无医疗经验的医生，这个现状十分棘手。

因此，以临床研究为名的医学研修制度便应运而生。医学生在取得医师资格证后，须在上级医生的指导下积累临床经验。从2004年起，这项制度开始在医科领域实行义务化，2006年起开始在牙科实行。

这种临床研修制度要求医学生必须接受两年以上的研修，而浦和医学院还在此基础上增加了评分制度。换言之，医学生仅参与临床研修是远远不够的，还需要拿到指导教授“及格”以上的评价才能取得学分。

如果相关技术能力和知识储备不被指导教授所认可的话，那么就不能在大学内享受相应的医师待遇。这种评价制度理所当然地受到了指导教授和患者们的好评，然而对实习医生来说，这无异于把生杀大权全部交到指导教授手中，对他们来说自然不是什么好事。

“也就是说，你要是在法医学研究室拿不到学分的话，就只能一辈子在这儿混吃等死，对吧？”

“一辈子混吃等死”这句话正中要害，真琴不自觉地微微颔首。

临床研修制度禁止实习医生打工，作为补偿会给予一定的补贴，现在平均一年是365万日元[①]左右。

然而这说到底不过是平均下来的数目，民营医院和大学医院之间补贴的差距很大，而不同大学之间的差距更为明显。雪上加霜的是，即便是实习医生也需要购买昂贵的专业书籍并支付房租，然而这些费

① 约合人民币21万元。

用都需要自行负担，所以即便是维持普通穷学生的生活水平也很艰难。如果没有足够的资金或关系的话，很难自立门户，所以不得要领的实习医生们不管过了多久都难以独当一面，也很难得到器重，只能被人随意派遣驱使，可谓是“活，活不好；死，又死不了”。因此“一辈子混吃等死”这个说法真是直击要害、正中靶心。

“津久场教授性格敦厚，为人公平，肯定不会故意给学生使绊子。下面就是我作为副教授给你的第一条建议：首先，要喜欢上尸体。”

“啊，那个……”

真琴怯怯地举手，想要提问。在寥寥几句的交谈中便可以感受到这位副教授是个有话直说的人，真琴想着还不如趁现在直接问清楚。

“说吧，怎么了？”

“我现在在内科进修，那边的话……因为接触的对象都是活人，所以我多少能理解‘要喜欢上患者’这一点。作为一名医生，我想把侵占患者肉体的疾病连根拔起，让他们可以重新拥有健康的体魄。无论病人的性格多么恶劣，无论他们犯下过什么样的罪行，我都会维护他们的尊严，尽全力去治愈他们。这也是我们在课堂上所学到的医生的使命。”

“我也是这么认为的。”

“但如果对象换作尸体的话，又该如何呢？他们已经没有了生命，无论医生付出多大的努力，他们都不可能再活过来。我明白这在学术上是不可或缺的一环，但这份工作必须要由医生来做吗？”

“如果对象是尸体的话，你就感受不到乐趣了吗？”

因为凯茜不是日本人，所以对于她说的话需要先排除掉违和的语感，再进行思考。真琴认为她所说的“乐趣”应该不是指“有趣”，而是指“有意义”吧。

“我觉得所谓医生的本职，就是将患者从痛苦中解救出来。所以把活生生的患者和尸体相提并论是不是有点……”

真琴话音未落，凯茜突然站了起来。

“真琴，come on！”

然后拽着真琴的手腕，把她拉出了教室。

难道是我说的话触到了她的逆鳞？真琴飞速地在大脑中组织语言想要道歉，但拽住自己手腕的力量却极大，她毫无抵抗之力地被直接拉到了门外。

“真琴，你读一读这个。”

凯茜手指着的正是教室入口挂着的黄铜质地的铭牌。长约两米的铭牌上刻着如下文字：

“……我愿尽余之能力与判断力之所及，遵守为病家谋利益之信条，并检柬一切堕落及害人行为，我不得将危害药品给予他人……我之唯一目的，为病家谋幸福，并检点吾身，不做各种害人及恶劣行为。倘使我严守上述誓言时，请求神祇让我生命与医术能得无上光荣，我苟违誓，天地鬼神共殛之。”

这就是所谓的“希波克拉底的誓言”。几乎所有的医学院校都悬挂着这份医学之父希波克拉底向希腊诸神宣誓时写就的庄重誓言。

“这有什么问题吗？”

“希波克拉底的誓言里有区别患者是生是死吗？”

“可是，这是因为……”

“这份誓言悬挂在法医学教室里有着十分特殊的象征意义。这是因为它告诉我们，患者就是患者，他们超越了基础医学和临床医学的界限，因此我们对待患者应该不论生死，一视同仁。”

凯茜说罢，好像了却了一桩心事一般，带着真琴又回到了教室。

“总之在教授面前对法医学抱有否定的态度是十分不可取的，你自己注意一下。”

“那个……彭得顿副教授……”

“叫我凯茜就可以了。大家都这么叫我。”

“凯茜医生，您喜欢尸体吗？”

“当然喜欢了！”

凯茜一脸理所当然地答道。

“我对尸体的兴趣是无穷无尽的。就我个人而言，尸体比犯罪现场中的任何证据都更加重要。现在美国的验尸官都能够为警方搜查提供相关建议了，这是法医学在犯罪搜查领域的重要价值体现。”

真琴不由得对凯茜的过去产生了浓厚的兴趣。毕竟接下来的一段时间自己要在这个研究室研修学习，多了解一下副教授的个人履历也没有什么损失。

“凯茜医生一开始就是学法医学专业的吗？”

“不是的，我之前在哥伦比亚大学医学院时是临床医师，但是自从听了课表上的一节法医学讲座之后，我就开始对法医学心生向往。转专业到了法医学之后，我对这门学科的热爱便更上了一层楼。美国的医学生中想成为法医的仅有 0.2%，因此我几乎没什么竞争对手，转专业这件事也让我有一种试水的感觉。虽然这对我来说是件好事，但我也不由得好奇，为什么大家对这么有意思的一门学科都避之不及呢？”

真琴不由得在心中感慨，原来大洋彼岸也是类似的情况啊。虽然这样说对凯茜可能有些失礼，但专门研究尸体的学科无论怎么想都难免令人心生抵触，更遑论热爱尸体了。

“那么您为什么选择来日本呢？”

“我在美国研修时听说了这里的教授。不仅是哥伦比亚大学医学院，几乎所有的权威教授都知道他的名号。我拜读了他的论文、观看了他的视频之后，深受感动。我认为他就是法医学界的天才，如果不能投入他的门下学习，我就会寝食难安，于是我开始拼命学习日语并来到这里留学。”

真琴被凯茜充满激情的口吻吸引住了。像这样海外评价很高但在日本国内却名不见经传的学者不在少数，然而真琴做梦也想不到，刚好在自己所在的医学院、自己所在的法医学研究室里便有这样的一位教授。

就在这时，教室门外传来一阵脚步声。

“啊……传说中的权威先生莅临指导了！”

门被推开，走进来一位身材矮小的人——让人难以联想到他在海外所获得的盛誉。

他年约六十过半，一头白发梳成背头，五官端正，唯有一双眼睛如鹰隼一般锐利，虽然腰背挺直，但身高和真琴相仿，有些矮小。

这就是浦和医学院法医学研究室的负责人，光崎藤次郎教授。

他用锐利的目光瞥过真琴。

“你是谁？”

“我……我是从内科转过来的梅野真琴。”

“梅野？啊，我想起来了，之前津久场说要送个废物来研修室，让我照看着点。”

被人这么当面羞辱，真琴自然心生不快。然而教授和实习医生的地位有如云泥之别，真琴不敢辩驳。

“你喜欢尸体吗？”

又是这个问题。

虽然有点儿烦躁，但教授的问题却不得不回答。恰巧凯茜刚刚告诉了自己什么是标准答案。

“我开始喜欢尸体了。”

话音刚落，光崎马上看向凯茜。

“什么嘛，刚来你就指点她。”

凯茜一副小孩子恶作剧被抓包的样子，飞快地扭过脸去。

“没必要让她强迫自己融入研究室，谁都有个生理上的接受过程。”

“但是教授，我可是真的喜欢尸体！”

“你再这么大声张扬下去，新来的可就要瞎传你是什么恋尸癖变态了！”

“我才不在乎呢，反正也差不了多少。”

光崎哼了一声，又转过头盯着真琴。

“你到现在都去过哪儿了？”

光崎问的是真琴的科室轮转情况。

“我去过泌尿外科和麻醉科，还去过普外科。”

“你在外科的时候参加手术了吗？”

“没有，我只是负责在术前让病人签署知情同意书[①]……”

“你回去吧！”

“啊？”

“我不用听你说完就知道，你不过是想做轻松的工作，像你这样的人怎么可能担负得起解剖工作。趁着现在你还没沾染上尸臭，赶紧哪儿来的回哪儿去吧！”

“轻、轻松的工作，您指的是？”

“也不止你一个人，最近的医学生都是这样。像外科手术这种需要很高专业技能、可能吃官司的工作，像儿科、妇科这种忙忙碌碌、需

① 旨在说明医疗行为的责任风险并取得患者同意。

要紧急处理的工作，你们都避之不及。明明自己半桶水还没满，却对工作挑挑拣拣。”

反驳的话到了嘴边，又生生咽了回去。暂且不论真琴自己的情况如何，光崎对医学生的这种批评并没有错。

如今与误诊、治疗方案选择错误等医疗过失相关的诉讼越来越多，因此致力于外科的医学生和医生数量也越来越少。随着新闻里对医生推卸诊疗责任和严酷工作环境的报道日益增多，选择做妇产科医生的人数也在锐减。自从人们对于医疗资源稀缺地的繁重工作和低收入有所了解后，愿意去地方工作的医生人数也越来越少。虽说医者仁心，但医生、医学生也是人，正所谓“人往高处走，水往低处流”，大家都愿意选择条件更好的地方。因此对于光崎的责难，她只能默默颔首，全盘接受。但是，医生们就必须忍受着穷愁潦倒、安贫乐道吗？小市民的怠惰和算计就那么为人所不齿吗？

“您觉得对工作有所选择真的有那么过分吗？”

真琴不由得将心中的疑问说出了口。

真琴原本就不是什么争强好胜、心直口快的人。但她总是会不小心将心里话原原本本地说出口，然后捶胸顿足地后悔。她本来想着至少在新的指导教授面前要克制一下，但光崎话中带刺，字字诛心，令她一下子没管住嘴。

“教授您说的我不是不明白，但您指的是医生年收入还很高的时候吧。现在实习医生的工资和普通的工薪阶层已经没什么差别了，在这种情况下还要忍耐‘3K’[1]，承担诉讼风险，对医学生的要求未免也太严苛了吧。”

“哦，是吗？”

光崎不慌不忙地点了点头。

“那你一个月能赚多少钱？”

“我……我税前的话大概是 215000 日元。”

国家规定在临床研修期间禁止医学生打工，与此同时也给予他们一定的待遇保障。按照规定实习医生每人每月可以拿到 30 万日元的收入，然而实际情况并非如此。由于难以保证充盈的财政收入，且实习医生的补贴是和其他经费一起下发由各机构内部自行决定如何分配，因此实习医生实际到手的补贴金额远不如规定的那么多。

“每个月 215000 日元。你可真厉害，拿着这么多钱还能心安理得地大发牢骚。”

光崎的话越发尖刻辛辣。

“你装模作样地学着问诊，听上级医生的话，像护士一样只能为手术做一些准备工作，既不用负责写病历，也不用对患者开刀做手术。你毫无背负患者生命的心理准备，只需懂点知识和礼貌，连中学生都能做这样的工作。每个月做这么轻松的事情还能拿到 215000 日元，你怎么好意思牢骚满腹呢？你到底是怎么做到这么心安理得的？”

---

① 日本将辛苦、肮脏、危险的工作称为 3K 工作。

真琴一时竟无言以对，只能保持沉默。虽然她心里怒不可遏，但光崎所说的是并没有错。尽管从法律角度来看，研修期间的实习医生和正式医生并无本质区别，但被委派的工作却和护士差不多。

“你问我对工作有所挑拣是否过分——这问题本身就是本末倒置。钻研学问的方式决定一个人能否将技术锤炼得更上一层楼；见识的广博决定医生问诊时能否查出病源；经验的多少决定了一个人到底能不能开拓新的专业领域。并不是医生选择疾病，而是疾病选择了医生。越是技术生疏、知识浅薄的人，越是爱发牢骚，说什么工资太少、加班辛苦、诉讼可怕不敢做手术。这种家伙有资格去主张他们所谓的‘权利’吗？”

“教授，您这样可不行呀。”

凯茜将二人分开，她的话让剑拔弩张的气氛有所缓和。

“您要是总这么严厉的话，新人可要被吓走了。”

“我不是严厉，只不过是实话实说罢了。光靠谎言和讨好是没法糊弄住实习医生的。”

“之前有学生被吓跑过吗？”

“在你之前我们还有过一个实习医生的。好不容易等来一个想要学法医学的，结果才两个星期就转去了其他科室。”

什么嘛。真琴心想，那自己来法医学研究室不也有补充人手的意思吗。

“那个人是一开始就不适合法医学。”

光崎不满地说道。

“他刚看到送检尸体就大吐特吐，这么软弱的家伙怎么可能当解剖医生啊。”

“那是因为那个尸体身上被捅了很多刀，又被沉尸东京湾，在水里漂浮了好几天。在此期间，身上的伤口又被大鱼小鱼啄咬，皮肤破损，后来由于肠道内积累了大量气体，尸体才得以漂浮于水面之上，打捞上来时已经……”

“那、那个！”

真琴急忙插话打断。

“我有过解剖的经验，当时我没吐！”

光崎和凯茜一同看向真琴，他们审视的目光像是在评判什么一样。

“哦，你那时遇到的是什么样的尸体？”

“我那时还是个学生，当时是在实习，解剖的是一具捐献的遗体。”

听到回答，两人都明显地露出失望的神色。

“能面对一具捐献的解剖遗体保持沉着冷静，你就觉得自己能担任解剖医生一职是吗？”

“是。”

“你还是退出研究室吧。”

“啊？”

“唉，真琴，sorry。毕竟解剖捐献的遗体是算不上解剖的。”

凯茜满脸歉意。

“可是为什么啊？那具尸体又不是受损了的尸体，研修所需要的身体部位全都在呢！”

“那具捐献的遗体，解剖之后里面是什么颜色的？有什么样的臭味？”

“颜色？那、那当然是……”

“是土褐色，而非尸体本来的颜色对吧。至于气味，虽然多少有点腐烂的臭味，但是浓烈的福尔马林已经将尸臭掩盖得差不多了，我说得对不对？”

真琴不必努力回想便可以清楚地记起。虽然那次解剖已经是两年前的事了，但那次体验的冲击过于强烈以至于深深印刻在脑海中，挥之不去。的确，无论是尸体的颜色还是气味都如凯茜所言，真琴只能沉默地点了点头。

当时的记忆开始在脑海中复苏，甚至愈加鲜明。

不锈钢制的解剖台在大教室的中央整齐地排列着，上面搁置的便是捐献的遗体。为了保存遗体会使用大量的福尔马林，那味道浓烈刺鼻，现在似乎还能身临其境地感受到当时鼻腔所受的刺激。解剖进行了整整半天，旁边放着的解剖书因不时需要查阅被翻开，书页也沾染上了斑斑驳驳的脂肪痕迹。为延缓遗体的腐烂速度，教室内的温度会设置在 5 摄氏度以下。解剖工作就这样在冷冽的空气中庄严而肃穆地进行着。

按照事先决定好的顺序，先将遗体的胸口沿“Y”字形切割，将露出的肋骨切除后，再从两侧开胸。指导教授开着黑色玩笑说，“这就是字面意义上的开阔胸襟”，教室里却无一人发笑。接下来大家仔细观察胸腔内的各个脏器。脏器和遗体一样也是褪了色的，一片土褐色。

解剖结束后，自己的头发和白大褂上都浸满了怪异的甜味和腐烂的臭味，怎么洗也洗不掉。离开教室，和自己擦肩而过的路人无一例外地频频捂鼻皱眉。这并非什么半吊子的体验，但还是有人由于忍受不了这次研修而休学或者考试挂科。

老实说这次的解剖体验也给真琴留下了一些心理阴影，因此当被津久场要求去法医学研究室的时候，她内心还是有些踌躇的。

尽管如此，真琴多少还是有信心能通过这次考验的，却没想到这次的解剖体验竟然压根儿不被面前的两个人认可。

“真是对不住，但是你所经历的只能算是一次模拟解剖，远远算不上是真正的解剖。看上去很相似，但其实两者截然不同。”

什么嘛，完全不能理解。

“你知道为什么保存尸体时要用福尔马林吗？”

“……因为福尔马林有杀菌作用，可以延缓尸体的腐烂。”

“答对了。而且尸体在浸泡过福尔马林之后，皮肤会变得十分坚硬，这是因为随着交联反应的进行皮肤会收缩很多。皮肤硬化、腐烂停止之后的尸体和人偶没什么区别。换言之就像是死了的尸体一样。”

“死了的尸体……”

“而我们处理的尸体都是正在腐烂的，脏器上还残留着血色，蛆虫蠕动，苍蝇乱飞，动物性蛋白质的分解过程中会向四面八方释放带着甜味的腐败臭味。换言之，我们处理的是活着的尸体。真琴，这两者之间的差距比你想象的还要大。”

凯茜不管已经呆愣住的真琴，绕到了光崎的背后。

“教授，我认为过早下结论违背了您的学者精神。至于到底接不接受真琴加入法医学教研室，您不如先看看她的表现再做决定。”

“我都这把年纪了，剩下的时间也不多了。如果不速断速决，就决定不了多少事了。”

“我认为真琴还是有可取之处的。”

“真的有吗？”

“她一点儿也不娇气，因此我觉得她或许能很快适应活的尸体。”

这算哪门子的表扬啊！

“她很容易抱怨不公平这一点，也是有上进心的表现。”

“她来这里的理由太过于消极了。”

“一开始太过积极的话，容易后劲不足。”

“你可真是够偏袒她的。”

“是您对新人太排斥了。您要知道，现在法医学研究室人手短缺到了极点，而警察那边的遗体解剖申请还接连不断。我们现在手上全是活儿，根本腾不出空做其他的工作。”

“你的意思是说，我们需要一个工资少的打杂的是吗？”

“教授所言极是。”

哪门子的所言极是啊！

虽然凯茜的话很令人生气，但看上去似乎是在帮自己说话，于是真琴决定静观其变。

最后，光崎短暂地叹了口气，面向真琴。

“你的嗅觉敏锐吗？”

这算是什么问题啊，但总归自己的鼻子是没有问题的。

“我觉得还不错。”

“眼睛呢？”

“两眼视力都是 1.5。”

“很好，那我就给你一个试用的机会，观察一段儿时间。如果你能派上用场的话，那我就认可你的研修，要是不行的话，就直接回津久场那儿吧。”

“……谢谢教授。”

虽然点头称谢，但真琴心中不禁涌动着难以平息的思绪。

突然，她想起得先确认一件事。

“教授，我能问您一件事吗？”

“什么？”

“您也喜欢尸体吗？”

光崎一脸讶异。

“尸体不过是工作对象罢了，提不上什么喜欢不喜欢的。别总问蠢问题。”

光崎本来准备从真琴身边走过，听了她的问题突然变脸，不悦地看着她。

“你这是将尸体与活着的患者相比吗？”

“您这么理解也没错。”

“这么说的话，处理尸体要轻松多了。”

“为什么呢？”

“尸体既不会抱怨，也不会说谎。”

真琴一时竟不知该如何作答。就在这时，角落里的座机突然响了起来，凯茜拿起话筒。

“对，这里是法医学研究室。啊？好的，请您稍等。”

凯茜转过头，对着真琴和光崎露出调皮的笑容。

“教授，县警那边发出了一个遗体解剖申请，对方希望我们马上去现场。”

2

埼玉县浦和区皇山街。

这一带有两所幼儿园、四所小学、两所中学、两所高中，颇有一些学园城的风貌。孩子多的地方自然也有数量众多的年轻家庭，因此位于学校密集地北侧的新兴住宅区也扩建了。

该小区之所以叫新兴住宅区，是因为其周边分布着的都是陈旧村落。一侧是排列整齐、崭新气派的独栋建筑，另一侧则是占地广、分布稀疏、粗制滥造的小木屋。像是不想浪费剩下的地皮似的，小木屋附近还开辟出了农田和花园，反而使这里看起来更加寒酸。

案发现场在距离住宅区不远处的一条河流的岸边。

真琴一行三人在河岸边停下车，岸下河水潺潺，刚下车便能感受到河边吹来的凛冽寒风，衣襟也随之舞动。

“啊，应该是那里吧。”

顺着凯茜手指的方向看去，只见远处有一块地被蓝色防雨布围了起来，穿着制服的警察和鉴证科人员在周围来来往往，忙忙碌碌，营造出一股令人紧张不安的气息。

真琴怎么也想不到自己第一天的研修竟然是要在这里度过。

虽然在刑侦电视剧里也看过类似的场景，但当亲眼所见时还是不免两腿发软。一想到那层防雨布下面躺着一具尸体，真琴就不由得觉得有些恍惚。

“这叫什么来着？啊，对了，初次上阵。来吧，真琴，我们一起去干活吧。”

光崎走在前面，凯茜和真琴紧跟其后，光崎的脚步异常缓慢，令人难以忍受。如果只是因为他身材矮小不得已才走路缓慢的话，倒也令人无话可说，可事实上，他却是悠然自得、不紧不慢地踱着步子。光崎腿脚看上去没什么问题，所以这大概就是他的走路习惯吧。周围其他人的行动都十分敏捷灵巧，相比之下越发显得他迟缓。

钻过印着“KEEP OUT”的警戒线，听到了防雨布中男人们的争吵声。

“你到底哪来的权力，这么蛮不讲理！”

“国木田检视官[①]，这话您可说错了。我不过是认为应该再谨慎点儿罢了。”

“什么再谨慎点儿，哼，就是不满意我的鉴定结果吧。”

---

① 检视官：又称刑事调查官，隶属于警察系统，多由具有多年刑事侦查经验和一定级别（警部补以上）的警官担任。其主要任务是：现场勘查、尸表检验、区别案件性质、参加司法解剖。

一进去，便看到刚才争吵不休的两个男人正在对峙着。他们中年轻的那个先注意到了真琴一行人。

“啊，光崎老师，您来了！好久不见。”

“幸亏我们很久没见，你应该也不想每天都看到我这张老脸吧。”

二人你来我往，嘴上不饶人，但却能让人感觉到他们之间互为知己的默契。

“咦，这是来了新人吗？”

“她还算不上是新人。”

不管这人是不是警察或者相关的办案人员，真琴都觉得应该寒暄一下。

“初次见面，我叫梅野真琴，今天开始在浦和医学院法医学研究室研修。”

“你好，我是埼玉县警察，叫我古手川就可以。”

古手川亮出警察证，微微点头致意。

虽然看上去不过二十五六岁，但从他寒暄时冷淡的样子不难看出他好强的性格，想必他学生时代肯定很顽劣吧。真琴自己也是十分好强的人，因此总是能一眼辨别出同类。然而争强好胜的人在一起共事，并不是什么好事，因此真琴想着尽量避免和他有所交集。但仔细想想，只要自己不被牵扯到刑事案件中，应该也不会和刑警有什么联系。

然而对面那个叫古手川的男人在寒暄过后，依旧目不转睛地盯着她看。

“请问有什么问题吗？”

“啊，没有，我就是有点意外。”

“意外？”

“我没想到像你这样的女孩子竟然会拜入光崎教授门下。你应该很喜欢尸体吧。”

啊，难道在这里也要被质疑吗？

“您是觉得女性学习法医学很奇怪吗？凯茜医生不也是这样的吗？”

“凯茜医生？她算得上是例外吧。她之前还宣称自己母亲的羊水是福尔马林，这和公开说自己有恋尸癖也没什么区别了。”

凯茜在一旁露出一脸正合我意的样子，点头默认。

“但是你看起来就很普通，怎么看都不像是光崎老师的弟子。”

我到底做错了什么，要被第一次见面的人这么评头论足啊！真琴不由得心生怨怼。仔细想想，真琴发现自己根本就没得到应有的尊重。自己对古手川的第一印象也由此糟糕到了极点，而且永远不可能变好。

“喂，我这边话还没说完呢。你这家伙无视我，反而联系医学院，到底是想做什么？”

名叫国木田的男人粗暴地推开真琴，诘问古手川。

“说到底，你的级别不是巡查部长吗，凭什么质疑我的判断？”

“国木田检视官，我并没有质疑您判断的意思。我只是不想万一以后发生什么，被渡濑班长痛骂罢了。您也知道渡濑班长吧，他的思想还停留在昭和时代呢，现在教导下级时还是轻则痛斥重则拳脚相向。”

令人诧异的是，当听到渡濑这个名字的时候，国木田的脸上流露出了一丝不知所措。

“渡濑班长的理念就是，只要他觉得现场的勘查有一丝不合常理的地方，就要无一遗漏地全部送去司法解剖，所以我才会这样擅作主张。说句不敬的话，班长的级别是警部，我是无论如何都不敢违背他的指令的。”

“那你就可以违背我的指令了吗？”

“哎呀，都说了我不是这个意思。”

“你们看上去很忙啊。”

说着，光崎向前几步，走到二人中间。

“但就我刚才听到的对话来看，你们似乎没有拿到正式的解剖申请。”

“您说得没错，打电话的是我，像我这样的级别是没办法拿到正式申请的。我虽然知道这点，但无论如何还是希望老师您能来现场看一下。”

“你这个蠢货！你是把司法解剖当成肚子疼了吗，这是能随便看一看的事吗！”

“可是，我们领导说了，有麻烦的时候就找光崎老师。”

“果然‘上梁不正下梁歪’，你们到底把法医学者当什么了？我们可不是给警察跑腿的！”

“但是您来都来了，不如看一眼尸体怎么样？”

“没有这样的道理。”

“所言极是。这个案子不需要麻烦您，按照事故处理就可以了。”

这三个男人你一言我一语地吵了起来。

真琴一脸困惑地看着眼前的混乱，突然感觉到有人碰了碰自己的肩膀——原来是凯茜。

“需不需要我给你解释一下？”

真琴点了点头。凯茜拉着她的手腕走了几步，远离了这三人。

“我先介绍一下那位十分激动的国木田检视官。”

事情是这样的。

检视官是日本刑事诉讼法第二百二十九条规定的官职，本来应该是由检视官对非自然死亡的尸体或者有可能是非自然死亡的尸体进行验尸，但根据同条第二项的规定，这一职责很多时候是由司法警察代为履行的。

虽然一般是由隶属于刑事部警视级别的警察来担任检视官，但有时为了确保体制完整，有时在不得已的情况下，也可能由警部补[①]级的警察来担任，但也仅局限于那些有四年以上暴力犯罪搜查经验，且有实际验尸、尸体调查以及鉴定经验的警察。

“国木田警官现在的职位是警部补，他在今年九月刚成为检视官。

① 警部补，日本警官的警衔之一。位于警部之下、巡查部长之上，相当于中国的警督。

在此之前，他一直在鉴证科工作。我觉得这么说你就了解了。”

听过凯茜的介绍后，真琴再看口若悬河、滔滔不绝的国木田，心中就了然了。不过是为了满足他不值一提的自尊心罢了。

他在鉴证科四年多的工作和业绩得到认可，于是获得晋升的机会，成为检视官。从他固执己见的行为不难看出，他的阻拦不过就是出于过分强烈的自尊心和职业意识罢了。

“但与光崎教授所积累的专业知识相比，他四年的工作经验不过是小儿科，他本人也清楚知道这一点。正因如此，他才格外不希望教授插手，真的是太幼稚了。”

不知道是因为日语词汇掌握得不多，还是原本她的性格就是这么毒辣，凯茜对于国木田的评价可谓一针见血、毫不留情。

“他对渡濑这个名字的反应可真大。”

“渡濑警部呀，简直像是警察队伍中的黑社会。”

“黑、黑社会？”

“听说他这个人办案向来我行我素，有时连局长的命令都置若罔闻。但同时他的破案率也是最高的，所以谁也没法批评他。他这个人脾气十分古怪，谁要是惹了他，他会十倍奉还，所以大家都不敢接近他。那个古手川就像是渡濑的小弟，一般都是和渡濑搭档的。”

“什么嘛，不过是个狐假虎威的家伙。”

“Oh！真琴，没想到你还知道这么晦涩的词。但意思上可能有些不一样哦，狐狸不仅仅是在仰仗老虎的威名，还在慢慢向老虎靠拢。”

这能称得上是老虎吗？真琴再次看向古手川。

“不知道你有没有想过县警到底还有多少预算，能送司法解剖的次数没剩几回了。”

国木田叫苦的声音一嚷起来，古手川的脸色立即沉重下来。显然，金钱上的指责令人无话可说。

“我的职责是在案发现场判断尸体需不需要接受司法解剖，如果已经确定死因的话要如实上报。你听好了，我已经说了好几遍了，这就是单纯的事故死亡，不需要司法解剖也不需要行政解剖。事情的真相就是当事人喝醉在河岸边上睡着了，天寒地冻的于是他就被冻死了。无论你怎么观察尸体状态都只能得出这一结论。”

“但，我还想知道光崎老师是怎么看待这具尸体的。”

“你怎么还提这茬！”

国木田就快要大发雷霆的时候，光崎终于举手示意。

“我能说两句吗？”

“什么？”

“我也曾拜读过检视官准则。其中第七条规定，‘对于尸体处理应与具有专业知识的法医学者等外部人员进行协调沟通’，对吧？”

“是、是的。”

“那么，现在就当是为了你所说的那具并非意外死亡的尸体，在和我这个外部人员进行联络沟通。这样想如何？”

光崎说完之后向真琴招了招手。真琴一脸懵懂地走过来后，他一边指着她一边继续说："正好这里有一个从未见过不明尸体的外行人。告诉她检视官如何工作，是我作为法医界前辈的责任和义务。"

古手川在一旁几乎要拍手称快，国木田则一脸不痛快。两人同时点了点头。

"那么在联络沟通之后，我们不妨顺便看看有问题的尸体。验尸官，你看可以吗？"

"……您请。"

"大小姐，你现在可是在贵宾席。珍惜机会，在我旁边仔细观察。"

"啊？"

古手川和国木田往旁边移了移位置，真琴终于看见了防雨布下凸起的物体。

"首先是双手合十。"

真琴听命，和光崎一起在胸前合掌。

"蹲下。"

真琴学着光崎的样子，弯腰蹲了下去。

真琴还完全没做好心理准备，但光崎并不管这个，一把揭开覆盖在物体上的防雨布。

出现在眼前的是一具赤裸的男性尸体。

一丝不挂。虽然性器官也暴露在空气中，但还未来得及觉得淫靡，便让人感到一丝违和。

从外表来看，死者应该五十岁左右，中等身材，短发上落着薄薄的一层霜，略肥的四肢和腹部上的肉都有些松弛。

全身上下，透着死寂的白。

这不是天生的白或化妆后的白，而是一种皮肤下渗着青色的白，颜色并不清透，像是从健康人的皮肤上一层一层剥去颜色，最后剩下的残渣，是一种令人胆战心惊的病态的白色。

真琴看了两秒钟就失去了平衡，如果不是在蹲着，此刻可能已经晕倒了。

眼前的尸体与捐献的遗体看起来完全不同，明明生气已经完全消失殆尽了，但却给人一种不久前还活着的鲜活感。简直像是你戳一下他，他就会睁开双眼站起来一样。真琴终于明白为什么凯茜说捐献的遗体是“死了的尸体”了。那种土褐色的遗体没有任何鲜活之感，这具尸体则让人觉得他似乎还活着。

“被害人叫峰岸透，54 岁，家住在附近。如你所见，尸体表面没有刺伤、枪伤或擦伤之类的痕迹。”

国木田的声音从真琴头上传来。

“因此死亡不太可能是由于打斗造成的。下半身出现的尸斑是鲜红色的，表明氧气中的血红蛋白浓度很高。直肠温度为 10 摄氏度。观察结果没有什么异常，由状况可见死者处于低温环境。”

国木田指向了从河岸一直绵延到人行横道的水泥斜坡。

“检验科发现那边有酒瓶从坡上滚下来。酒瓶上有死者的指纹，死者嘴中也有酒精残留的味道。因此我推测他昨天晚上经过这里时已经喝得烂醉，然后就这样一睡不醒。”

喝醉后冻死。真琴还是学生的时候，就曾多次听过类似的案例。摄入酒精会使血管舒张，并散发更多的热量。

“昨晚曾下过一会儿小雨，这对死者来说则是雪上加霜。衣服被雨打湿，导致他的身体温度下降得更快。一般情况下，人体温度低于 32 摄氏度时，神经系统功能便会下降，会出现意识障碍和感觉迟钝等症状。当体温降到 30 摄氏度以下时，人就会失去知觉，出现心房颤动等心律失常的症状。26 摄氏度是死亡的临界点。我推测死者醉后大概从未醒来，就这样静静地断了气。”

古手川从旁插嘴道：“我在附近进行了一些走访。从酒吧老板那里得知，死者昨天晚上曾和朋友一起在酒吧喝了酒。从店里出去的时候已然酩酊大醉。他想回家，但已经下雨了，据说连伞都没打就走了。”

“对啊，从所有的状况来看他就是事故死亡。既然如此，你为何还要质疑我的判断？”

“我并没有质疑你的判断啊。我对法医学可谓一窍不通，也不像验尸官一样积累了丰富的鉴定经验。”

“那是为什么。”

“这正是渡濑班长亲自传授的秘诀……”

“渡濑警部的秘诀？”

“就是直觉。”

“别开玩笑了。”

“如果你不喜欢直觉这个说法，那我就换成违和感吧。国木田验尸官，你已经看过死者的裸体了，但是还没看过死者的衣物吧？”

“死者的衣物？”

古手川走到蓝色警戒线的角落里，将叠放在一起的黑色皮夹克、衬衫、裤子和鞋子拿了过来。“衬衫是红色条纹的，鞋子是灯芯绒的。死者所去的酒吧也是一个装修精美的地方，死者本人看上去也是一个十分注意形象的人。”

“那又怎么了？”

“但是死者临死之前拿着的烧酒瓶却是722毫升580日元的便宜货，你不觉得奇怪吗？”

“你的意思是他喝的酒种类不对吗？”

“这点也有。我想说，一个明明只是去喝酒都要打扮得体的中年男子，会在路上大口大口地灌便宜酒吗？”

“喝得酩酊大醉的话就不会在意自己的打扮了吧。只要有酒精就什么都无所谓了。”

“也有可能是这样呢。”

“无聊。”国木田不屑地说道。

“尸检是科学搜查的一部分，但是你和你的上司似乎都没有重视起来啊。”国木田一脸厌恶地说，“仅凭直觉和猜测来办案，就容易误入歧途造成冤案。这是昭和时代刑警的典型模式。”

古手川一边挠挠头，一边装傻充愣地说：“这个，您还是直接对班长讲吧。”

“但是，科学搜查真的那么万能吗？我听说，DNA 鉴定一致什么的，因为过于相信科学搜查而造成的冤假错案也有很多呢。不仅仅是物证，看人的眼光也很重要。”

“你这是在讥讽我吗？”

“并没有。”

在国木田即将发火之际，光崎看准了时机站了起来。

“检视官。”

“在，在的。”

“静静听来，这位年轻警官似乎对于科学搜查颇为不信任，甚至带有不屑之感。”

“确实如此。”

“由这样的刑警进行犯罪搜查的话，别说逮捕犯人了，就连执行普通的任务也让人不安啊。”

“正如您所言。”

“因此我认为有必要证明检视官结论的正确性。”

“……什么？”

“把这具遗体交给司法解剖。”

“这，这……”

“我并不是怀疑你，而是要证明你结论的正确性。你可以当作这是在对答案。”

“但是……”

“我会证明你观察的正确性，让这个年轻人知道什么是科学搜查，并且会针对本案做出详细的报告，这是一石三鸟啊。还是说你信不过我的验尸水平？”

光崎接连不断地说着，而国木田沉默了。

真琴想，所谓老奸巨猾，一定指的就是这样的老人吧。古手川一脸正中下怀的表情，与其说他老奸巨猾，不如说是傲慢。至于国木田，应该说他是清高吧。

也就是说，自己刚刚目睹了老奸巨猾、傲慢和清高的交锋，怪不得会心情不畅。

从蓝色警戒线内出来后，光崎盯着古手川命令道：“反正你一会还会再过来。来之前，将死者的工作、生活环境、既往病史以及饮食嗜好等全部调查清楚。”

“啊？”古手川皱起了眉头。

“这么短的时间，你是开玩笑的吧。你简直比我们班长更会使唤人。”

“不要把我和那种野蛮人相提并论，毕竟我实现了你的期望。不过就这么点儿信息，快去给我收集起来。”

“好的，明白了。”

这个时候，一位警官走到了古手川他们面前，后面还跟着两个男人。

“不好意思打扰一下，我在现场附近询问的时候遇到了最后见过死者的两个人。”

这两个人身材适中，面色老实忠厚的叫濑川林藏，神态忐忑不安的叫宇都宫俊夫。古手川目不转睛地盯着这两个人打量着。

“两位和死者是什么关系？”

“我们以前是同学。”答话的是濑川。

“我们三个都住在附近，现在算是酒友了。”

询问后才知道，濑川在同城经营农业，宇都宫是峰岸的下属。

“昨、昨天晚上我们三人一起喝酒，到九点左右分开了。今天早上他的电话打不通，我和林藏都很担心。然后我们又听说在河边发现了一具男尸，就赶忙过来看看。”

“那，请你们说说详细情况吧。”

真琴他们坐上车，原路返回了。等他们回到学校，做好解剖准备的时候，刚才的遗体应该也能送到了。

车开出没多久，凯茜说：“教授，打扰您一下可以吗？”

“什么事？”

“刚才您说的一石三鸟，到底有几分是真的？”

“全都是随口说的。”

光崎丝毫不以为耻。

“我既不想一个不懂装懂的验尸官讲道理，也不会教那个年轻人科学搜查的概念。虽然尸检报告我会写得很详尽，但是那个验尸官的总结报告就没有完整性了吧。”

“那您为什么要帮忙进行司法解剖呢？我也观察了遗体，看法与验尸官一致。尸体表面的状态、尸斑的位置和颜色，还有验尸官没有提到的膝盖部分鲜红色的尸斑，是由血液的淤积所致，这些现象都表明死者是被冻死的。”

“有一个地方我很在意。”

“究竟是什么呢？”

“打开腹腔就知道了。”

说完后光崎就陷入了沉默。

车内气氛凝重。不，或许只有真琴自己感到凝重。

真琴终于意识到了一件理所当然的事情——刚才的尸体一运到法医学解剖室就会马上开始解剖。也就是说，自己也要参加这次解剖。

刚刚病态惨白的尸体在脑中浮现出来。一想到几个小时以后就要在那具尸体的胸口切开一个“Y”字形的切口，然后观察腹腔里面所有的东西，真琴就突然感到无比恶心。

3

换解剖服需要好几分钟。

穿旧了的毛衣外套上白大褂，然后再系上塑料围裙。接着套上袖套，穿上长靴，戴上橡胶手套、口罩和帽子。这样一穿之后，皮肤暴露在外面的部分就很少了。全副武装是有原因的。遗体内部毒性极强的细菌已经开始繁殖了，全副武装是为了防止在解剖过程中因为触碰飞沫或人体组织而感染病毒。

遗体已经从现场运送过来了。真琴和凯茜一起向解剖室走去。她们两人的任务是在光崎操刀解剖之前做好准备。

通往解剖室的走廊是没有窗户的，这是为了避免日光直射导致室温升高。这样一来，天花板上的荧光灯就成了唯一的光源。一想到遗体从这里经过的样子，真琴还是抑制不住地犯恶心。

古手川就站在走廊里，和真琴她们一样穿着解剖服。

真琴不由得问道："警官，您为什么也穿着解剖服呢？"

"我有点儿事情想要问光崎教授。"

真琴不明白他的意思。

“如果我去问的话，老师还会告诉我一些没有写在验尸报告上的东西。”

“所以您到底是为什么非要和我们一起进解剖室呢？”

“我之前可是被光崎老师狠狠地骂过，说你这人又蠢又没文化，不看实物怎么能明白呢？”

古手川一脸不愉地回答道。但真琴不由得觉得，他居然能把这种丢脸的事情跟刚认识的自己说。能清楚认识自己缺点并且坦然面对的人不会是真的愚蠢，真琴对他糟糕的印象有一点好转了。

“别说我了，你还好吧？”

“什么？”

“你的脸色可是很难看哦。”

“啊！”

真琴条件反射地用手摸脸。

“当然是骗你的啦！不过倒是能看出来你真的很紧张。”

古手川偷偷看着真琴的脸，“你是不是第一次解剖啊？”

收回前言。真琴心想，他果然还是一如既往的糟糕透顶。凯茜在旁含笑看着两人。

刚一进解剖室，就觉得很不舒服。

进行解剖实习的教室很宽敞，而且天花板也很高。虽然室温很低，但是光线很好，教室的各个角落都很明亮。

而这里，解剖台上放着刚刚运来的尸体，床单在荧光灯的照耀下显得更加白皙了。

那刺鼻的味道不是福尔马林，而是苯酚。虽然这是给遗体消毒用的药剂，但稀释后还是会有刺激性的臭味。即便是戴着口罩，臭味还是会从纤维中渗进来。因为实在是太臭了，真琴眼泪都要流出来了。这时，凯茜突然在一旁说："真琴，你涂面霜了吗？"

"啊，涂了。我一般都是化淡妆的。"

"在解剖之前不管是什么，最好都涂一点，不然肌肤会变粗糙。弥漫的苯酚和其他药品都会导致皮肤粗糙。对了，如果不戴头套，头发也会变得像枯草一样又干又乱哦。"

这种话更希望她能在进入解剖室之前说。

刚刚和凯茜准备好手术用品，光崎就像提前计算好时间一样走了过来，后面还跟着古手川。

穿着解剖服的光崎和在案发现场慢吞吞的样子简直判若两人，走路的姿势非常飒爽，不知是不是心理作用，行动看起来也敏捷了很多。

光崎看了一眼整齐摆放在盘子里的解剖工具后，就站在了尸体旁边。

"那么我们开始吧。死者是五十岁左右的男性，尸体表面没有明显的贯穿伤和擦伤等，尸斑主要集中在背部，膝盖部分明显可见鲜红色尸斑。哎，年轻人。"

"怎么了？"

“过来这边把遗体抬起来看看。”

古手川毫不犹豫就把手伸到了尸体下面，但真琴发现他一脸不悦，心中不由得暗爽。

“背部的尸斑也变成了鲜红色，你看到了吗？”

“当然了，都离得这么近了。”

“为什么是鲜红色呢？因为在低温状态下血红蛋白和氧气充分结合，而且氧气的消耗减少，所以血红蛋白的浓度会增高。尸斑的位置没有偏离，所以他确实是未被移动，是被活活冻死的。这和那个验尸官的结论是相符的。”

“我明白。不过教授，为什么一定要我参加这么一场解剖呢？”

“是你的上司要求的。只靠耳朵听，能记住的信息只有不到十分之一，何况以你那糟糕的记忆力，甚至连十分之一的十分之一都不一定记得住，所以他让我教你好好利用视觉和嗅觉来记住尸体的样子。托你的福，我也深受其扰。”

“……那真是谢谢了。”

“我要开始解剖了。”

光崎从凯茜手中接过手术刀，从左右锁骨下方起刀，将皮肤划开了一个“Y”字形的切口。

他走路很慢，但开刀的动作却精准且迅速。“Y”字形轨迹顺着中线延伸到下腹部，呈现出一条完美的直线。

血珠一股股地顺着“Y”字形切口涌出。血液在皮下已经开始凝固了，因此没有立即从切口处流出。

胸部一被切开，鲜血就溢满了切开的部分。

真琴被这鲜红的血液所震惊了，这种鲜红与解剖实践中的捐赠遗体截然不同，捐赠遗体在开腹过程中不会喷出这么多血液，血液的颜色也是偏土褐色的。然而，这具尸体所溢出的血液是鲜红的，还保留着生命的颜色。

这是一个刚刚失去生命的人。

意识到这一点后，真琴后背一凉。

“血液还没有完全凝固，还有流动性。”

古手川在一旁搭话：“这说明什么呢？”

“这是猝死的特征。不管是冻死还是什么，总之是在短时间内就死亡了。”

光崎一边说话一边打开了胸腔。

随即，一股腐烂的臭味扩散开来，冲入真琴的鼻腔中。

这是什么味道？

它既不是苯酚的刺鼻气味，也不是解剖时最让人厌恶的尸臭。它是一股腥腥甜甜的，混杂着生与死的腐臭味。

这是腐烂的味道，即生命体在死亡后酝酿发酵所产生的味道，只有浸泡过福尔马林才能抑制住这种臭味。

真琴迅速产生了生理反应。尽管她胃里空空，但却感觉翻江倒海，胃液上涌。如果不是因为有别人在，她就要直接吐出来了。

这就是还活着的尸体。

“肋骨剪。”

“好的。”

顾名思义，肋骨剪是用于剪切肋骨的工具，形状类似于钳子，但尖端像鸟嘴一样弯曲。光崎在肋骨和肋软骨的交界处下剪，然后切除部分肋骨。他的手指在切割肋骨时依旧快速而准确，就像在剪断一根电线一样淡定。刀片沾上了脂肪，本应变钝，但他利落地用刀切断了骨头。当助手的凯茜用崇拜的目光注视着他的操作。

最终，肋骨被移除，腐烂的气味更加浓烈了。

真琴不由得屏住了呼吸。她又想起先前凯茜的忠告，受到这种猛烈气味的侵袭后，皮肤和头发自然会变得粗糙。想来除了气味本身的伤害，还有为了清洗这种味道会大量使用洗涤剂，从而导致双重损伤。

“喂，你看哪儿呢？”光崎头也不回地问。

真琴被吓了一跳，她确实有一瞬间将目光从尸体上移开了。

“用你引以为豪的视力好好看着。”

光崎手握手术刀直插入了心脏，低黏度的血液再次潺潺涌出。

“心脏是僵硬的。从僵硬程度看，死亡时间已经超过十小时了。“心脏血液虽然还有流动性，但接触室温的地方已经凝固了，这也是冻死的特征。”

随着心脏壁被划开，左右心室暴露在空气中，呈红褐色，是还没有失去生命的鲜活色彩，看起来好像还在跳动。

“比较一下两个心室，能分辨出区别吗？”

这是给真琴提的问题。她强忍着恶心想吐的冲动，凑近了尸体。

“我觉得……左右心室的颜色不太一样……”

“‘我觉得’是什么意思？不要仅凭猜测或不可靠的观察就回答得这么随意。仔细看。”

光崎按住真琴的后脑勺，使劲儿将她压向心脏。

真琴的眼前就是被划开的心脏。她感觉胃液已经涌到了喉咙，但想着“绝对不能在这里吐出来，不然就输了”，凭着这股念头，她继续拼命观察。

“……左右的颜色确实是不同的。”

“好，那就可以确认了。再从肺动脉和主动脉采取血样对比一下。过来，大小姐，采血你能行吗？”

真琴急忙从托盘里取出两支注射器。凯茜从一旁接过一支，说：“我来采集主动脉血。”

当真琴把针头移到肺动脉附近时，她右手的指尖轻微颤抖了一下。光崎没有错过这个细节。

“怎么，你没采过血？”

“不、不是的。我能做到，我会采血。”

真琴用左手握住颤抖的右手，最终抽好了血样。这份血样与凯茜抽取的主动脉血相比，能看出明显不同。由左心室采到的主动脉血液是暗红色的，而由右心室采到的血液则是鲜红的。

“右心室中的血液在肺部接触到冷空气，这加强了氧气和血红蛋白之间的结合，使血液呈现鲜红色。换句话说，这是能够证明死亡原因是冻死的证据之一。”

“那就越来越接近国木田先生的判断了，不是吗？”

“还不能确定。准备开胃。”

光崎用手术刀划开胃壁，露出了胃里的内容物。整个过程只花费了不到三十秒。

每当手术刀移动时，低黏度的血液就会流出。由于死者的心脏已经停止跳动，因此血液没有呈喷溅式涌出，但当真琴看到血液涌出时，依旧不由自主地放轻了呼吸。

“胃黏膜上有多个出血斑点，与冻死的情况一致。”

在近距离下，胃的内容物清晰可见。胃内还残留着未被彻底消化的蔬菜、大米等食物，它们与胃酸混合的酸臭味飘进了真琴的鼻腔。

“采集内容物。”

“……啊。”

“没听到我说的话吗？大小姐，请采集内容物。我们要通过食物的消化情况来确定死亡时间。”

“我、我来做吗？”

“除了你以外还有谁能被称呼为大小姐吗？”

内容物的气味与腐臭味混合在一起，形成一种令人难以言喻的气味。即使屏住呼吸，这臭味也如附骨之疽一般，刺痛眼睛。即便如此，真琴还是设法把里面的东西取了出来，并把它们转移到一个金属制的方平底盘里。

接着，光崎凑近那个平底盘去闻了闻。

“嗯，果然是这样。”

古手川探头去看。

“您是指？”

“你想知道吗？那你也应该闻一下。”

“什么？”

他一脸疑惑，但在这个房间里没有人敢违背光崎。古手川很不情愿地凑过身去闻。

“非常……酸。”

“就这些？”

“就这些……是什么意思，难道还有什么其他的吗？”

“你闻到酒精的味道了吗？”

“酒精？啊，这么说起来确实没有。”

“凯茜医生，你把内容物拿去分析一下。”

“好的。”

“可是，光崎教授，已经有人证明死者在酒吧喝过酒了。现在这是……”

古手川泪眼蒙眬，向光崎投去求助的目光。真琴虽然心里感到痛快，但还是一样被熏得眼泪直流。

“问题在于量。喂，大小姐，把遗体的眼皮打开。”

“看、看眼球吗？”

“快点。”

真琴移动位置，看到了尸体的脸。虽然他已经失去了生命，但并不像人偶那般死气沉沉，皮肤虽然因死后僵直而变硬，但眼皮还能打开，露出开始泛白的眼球。

“视网膜。”

真琴按照指示，观察到视网膜上有鲜黄色的斑。在现场看到尸体时，光崎所说的“有一点在意的事”，是否指的就是这个呢？

“教授，这是……”

“你在内科接受过一段时间的培训对吧？你来告诉我，视网膜上有黄斑，这是什么病征？”

“肾衰竭……”

“那么肾衰竭的症状都有哪些？”

“腹痛、恶心……还有呕吐。”

“好，我们现在来看看肾脏。”

光崎的手像精密机器一样移动起来，既没有胆怯，也没有敬畏和恐惧，只是为了解剖而动。在经常同医疗器具打交道的真琴看来，他的动作与常人截然不同。所有的医疗仪器都做得很精致，在使用时需要极其小心，一旦被握在光崎的手中，就会以最小的动作发挥最大的潜力。这无法仅用熟练去解释，只能说是光崎的天赋。事实上，肾被切除的速度快得令人眼花缭乱。

“发现什么异常了吗？”

光崎把刚摘除的肾拿到真琴的面前，随即，腐臭味扑鼻而来。那味道过于刺激，真琴不由得闭上了眼睛。

“那、那个……”

“你自己拿着。”

真琴的双手好像不受控制一般，动弹不得。凯茜伸手帮了她一把。

“凡事都要亲身体验啊，真琴。自己亲手摸过然后学会的东西是怎么也忘不掉的，所以才格外有用。”

听了她的话真琴用一只手接过了那只肾。它相当有分量，表面出现了漆黑的斑点。

“变色是由于血液不能正常流动造成的，肯定是肾脏梗死，但不能确定死者本人有没有意识到自己的症状。喂，小子，你有没有好好检查这具尸体的就诊记录？”

“有的有的，一切按照您的指示检查的。”

古手川叹了口气，拿出了他的笔记本。

“死者峰岸透两年前患上了膀胱炎，住了一段时间院。他当时就是在浦和医学院这里住院的，出院后就没再有任何就诊记录了。”

“换句话说，他以前只患过膀胱炎。即使患有肾脏梗死，应该也不是非常严重。但从他的肾脏变色来看，他应该有恶心和呕吐的症状。那么我们说回酒精摄取量的问题，这男人经常喝酒吗？”

“不，据他的家人说，他从不在晚上喝酒。”

“小子，你喜欢喝酒吗？”

“也就是社交场合喝一喝吧。”

“当你感到腹痛、恶心和呕吐时，你还会想继续喝酒吗？而且还是喝那种便宜的烧酒，喝到在寒风中醉得不省人事的程度。”

“这……”

“死者是做什么工作的？”

“是一家建筑公司的社长。因为需要自己驾驶挖掘机和卡车，所以他平时会有意识地避免喝酒。”

“在血液和内容物的分析结果出来之前，我们还不能下定论，不过就现阶段来说意外死亡的可能性不太高。”

“但有证人看到他在酒吧里喝酒。”

“所以我不是说了吗，重要的是量。去找酒保问话的时候了解一下当时的细节吧。如果他当时有同伴在现场的话，很有可能他只是活着的时候喝了几口。此外，昨天晚上很冷，还下着小雨，就算这个男人真喝得酩酊大醉，一定会在河岸边睡着吗？”

“难道是……安眠药？”

“等结果吧。”

听着这两人的对话，更多关于峰岸透死因的疑惑涌上真琴心头。

很难想象，一个患有肾衰竭，同时还伴有腹痛和呕吐症状的人会去喝很多酒。如果使被害人服下安眠药或将药与酒精混合，令他失去知觉，那这起案件就不是意外，而是彻头彻尾的刑事案件。

“如果是这样的话，我们能马上锁定的嫌疑人有两个。这两个人都是死者的朋友，也都从死者手中借了大额款项。其中一个是同镇的农民，另一个是他的下属。对了，上个月也有一个和这个案子类似的案件。”

“安静点。”

“是。啊，但这可能是帮助我们确定凶手的重要信息。”

“我才不管嫌犯是谁，凶手又是谁。这些都跟我没关系。”

“这怎么能说不跟您无关呢？”

“这具尸体是何时、在什么情况下、怎样死亡的？死亡的直接原因是什么？是自杀还是他杀？ 我只想知道这些。此外的部分都是警察的工作，不要把你先入为主的想法带到这里来。”

这话乍一听似乎有些狂妄，但如果细细思考后就会觉得其实并没有说错，真琴也十分认同。

“但是老师您不是经常告诉我一些不能写在报告上的事情吗？”

“那是因为你的上司是一个活在昭和时代的厚颜无耻、傲慢无礼、目中无人的家伙。你不会是想效仿他的作风吧？”

“也不是我想效仿就能做到的吧。”

“你还太嫩了，想达到那种目中无人的程度再过一百年吧。总之，闭上嘴，安静地看着吧。”

古手川安静下来。解剖室里只能听到光崎手中的手术刀划过皮肤的声音和医疗用具与不锈钢盘碰撞的声音。

真琴不知道自己是已经习惯了，还是嗅觉已经麻木了，渐渐地腐臭味也不再令她想要呕吐了。

一片寂静中，时间一点一点流逝。

真琴突然心生虔敬。

现在，老教授正在与无法发声的死者进行对话。他正试图用手术刀和五感同死者进行交流，而这种交流是外界无法看到的。这可能是连同道中人的凯茜都不能完全理解的事情，对于古手川和她自己，就更不用说了。

真琴脑海中浮现出“艺术家”这个词。不管是什么职业，那些苦心钻研之人的登峰造极的技术，时常被称为神技。对于医生而言，为了救人，哪怕是最轻微的错误也不能犯，因此神圣感就更加强烈。而光崎虽为解剖医生，他对解剖对象的负责和精湛的技术也称得上是神技了。

光崎的手术刀划过了肝脏、大肠、小肠，向下半身前进，最后到达膀胱。

“没有膀胱炎的表现，应该是病人在医院治疗后已完全康复，但……”

他没有继续说下去。

“但是什么？”

古手川疑惑地反问，但光崎没有回答他，而是继续动刀。

当气管被切开时，光崎不禁“哼”了一声。

他凝视着暴露在空气中的气管内部，片刻后说道：“大小姐，过来看看这个。”

真琴闻言凑过脸去看，只见气管内部并没有腐烂多少，仍然是粉红色。

光崎指着喉部下大约三厘米的一个地方。

“睁大眼睛仔细看，有没有看到什么异物？”

这是对我的考验，真琴心想。自己正在接受法医学的基本技能测试，到底能不能通过视觉和嗅觉考验的第一关呢？

真琴按照指示，仔细观察着那片区域。越接近尸体，气味就越刺激眼睛，但这时她不能抱怨。

她靠近仔细看着每一处细节，很快便发现气管表面有微小的颗粒。这些颗粒散布在两立方厘米的区域内，只有少数能被肉眼看到。而这部分颗粒之所以能被观察到，是因为它们是蓝色的。

“这不是湿疹……对吧？”

“嗯，你看到了啊，那就去确认一下。”

真琴从凯茜手中接过镊子，用尖端触碰其中一个颗粒，颗粒黏在镊子尖上，很容易分离。

“是某种粉末吗？”

“采集一些，做显微镜标本。”

“好、好的。”

真琴小心翼翼地将镊子尖端的颗粒放在载玻片上。接着凯茜兴冲冲地把载玻片在显微镜下放好。

“我看看。”

光崎先是沉默不语地看了一会儿显微镜，接着好像知道了什么般点了点头，又回到了解剖台旁。古手川难掩自己的好奇，缠了上去。

“老师，那是什么啊？”

“分析工作全部完成后会告诉你的。”

“案件调查是追求速度的。”

“你要这么着急的话，自己来查怎么样？”

古手川意识到自己再怎么纠缠也没有用之后，便不再坚持。

向凯茜发出指示后，光崎转向尸体。

“缝合。”

各个器官都已经取样，真琴本以为缝合的任务会交给她们去做，但光崎却亲自将切开的部分仔细缝合好，切除的部分也连接了起来。而且缝合的速度也快得惊人。

凯茜再次用崇拜的目光看着他的动作。在旁观者看来，也许会觉得她有什么恶趣味，但对她而言与正在欣赏杰作的艺术爱好者并无区别。

缝合完的尸体被放置在尸体储存室。这是一个临时性的储存场所，用来保存尸体，直到它被送回已获得火化许可的死者家属手中。这里不是为了长期储存而设计的，所以只按照标准安装了臭氧发生器和消毒灯。

看着尸体被送入储存室后，光崎离开了解剖室。他的步态又回到了在河床上行走时的样子。

“凯茜医生，光崎教授到底让你做什么？”

古手川问正在整理手术工具的凯茜。

“为什么这么问？”

“就是觉得挺神秘。”

真琴也深有同感，不由得悄悄竖起耳朵。

“好吧，古手川刑警的洞察力真是不得了。但是教授给我下达的指示其实也没什么特别的，不过是让我留下肾皮质的样本罢了。”

肾皮质。

真琴微微感到有些不对劲。对胃的内容物和各个脏器进行采集取样都是些基本操作，没什么可奇怪的，但这次为什么要指定保留那个部位呢？

真琴不由得有些在意，于是问了凯茜。但凯茜耸了耸肩，没有给出明确的回答。

4

“听说分析结果出来了。”

第二天，古手川闻讯赶来，不巧的是法医学教室只有真琴一个人在。

“那个，光崎教授和凯茜医生呢？”

“光崎教授今天有法医学的讲座，凯茜医生应该马上就回来了。”

“啊，这样啊，那我就在这稍微等一会儿吧。”

古手川拉过手边的椅子，没等真琴回答就一屁股坐了下去。他坐在了真琴的正对面，却丝毫没觉得有任何不妥。

真琴心想，这男人真的好没礼貌，和他说话肯定越说越气，所以还不如无视他。

但是没想到，对面却开始搭话了。

“那次之后，你还好吧？”

“你指什么？”

“就是上次光崎教授解剖的时候，我看你当时马上就要吐出来了。

你听教授的指示做事时，也颤颤巍巍得像是随时能晕过去一样。”

“我当时只是紧张而已，才没有要吐！再怎么说我也是实习医生，解剖什么的早就习惯了。”

“啊，那可真了不起啊。”

比起无视他，真琴现在更想把他一脚踹飞。

“警官你才是难受得不行吧，我看你当时眉头都皱成了一团。”

“我说能不能不要这么叫我。”

“啊？”

“经常来这里的只有我和我们班长。你直接叫我的名字古手川吧。”

“那古手川先生，你不是搜查一课的刑警吗？应该对尸体完全免疫了吧？”

“并没有。至少我没办法做到像光崎教授和凯茜医生那样，神经粗到能够解剖尸体后还认真观察。你知道吗，光崎教授还能坐在尸体的旁边吃猪肉乌冬面呢。”

那种场面，光是想想都让人觉得丧失食欲。

“从我刚当刑警那会儿开始，见到的都是很恐怖的尸体。不习惯也得习惯啊，你说是吧。”

“恐怖是指，身上被捅了好几刀的那种尸体吗？”

“有被大卸八块的、有被废弃车床压烂了的、有和轮椅一起被烧焦了的……对了，还有整个脏器都被掏走的尸体呢。”

真琴更加没有食欲了。

“虽然这些都是从我上司那里听来的，但是埼玉县的恶性凶杀案件真的很多，因为总有人在东京杀了人后，特意跨县跑到埼玉来抛尸。”

“他们为什么要这样做呢？”

“东京警察机关的罪犯逮捕率很高，而埼玉县的逮捕率很低。他们应该是觉得如果案件发生在埼玉县的话很难被抓住。而恶性凶杀案件都集中在埼玉的话，惨死尸体的数量自然也会增加。”

听古手川说得轻松，但这种环境听起来还是很惨烈的，真琴觉得自己有必要改变一下对他的看法。

“但是最近，我开始觉得没有必要让自己对惨死的尸体感到习以为常。”

“为什么？”

“因为我意识到，世间的很多东西是不能去习惯的。”

“啊，难道你是在嘲讽光崎教授和凯茜医生吗？”

“那两个人并不是习惯，而是无论在什么时候，无论面对什么样的尸体，都能保持着饱满的兴趣和高涨的好奇心去工作。”

在这一点上真琴也有同感。而且他们两个人也绝不会失去对尸体应有的敬意的。

“我们刑警和你们学法医的见到的尸体，大多是死不瞑目的。我说自己不能去习惯的意思是指不可以忘记那些无法瞑目的死者所受到的痛苦。”

这家伙倒也能说出如此正经的话。就在真琴开始对古手川有所改观的时候，他又开始讨人嫌了。

“话说回来，你为什么要从事法医学呢？”

“啊？”

“就我的观察而言，你不像两位老师一样喜欢尸体。我问了凯茜医生，她说法医学研究室在学生中没什么人气，来实习的人数也在逐年减少，那你为什么要选择来这里呢？”

真琴一时不知道怎么回答才好，正好这个时候凯茜医生回来了。

“Oh，让你久等了，古手川警官，不过你来得还真快。我们明明才刚通知你，你就像闻到味道的警犬一样快速跑过来了。”

“好说，毕竟狗是警察的代名词。”

“这话被你一说，讽刺的意思都没有了。这是胃内容物和血液的分析结果，直接说结论的话就是猜中了。从胃内容物和血液中检查出了纯度较高的乙醇。”

“高纯度的乙醇，果然就是烧酒了吧？”

“没错，而且还检测出乙醇中有氟硝西泮的成分。”

“氟硝西泮？这是什么？”

“这是苯二氮䓬类的一种安眠药，在类型上属于中效型。服用30分钟后，就会产生药效，药效可以持续24小时。”

“如果想要将醉汉放倒的话，这是最合适的药物。”

“被害人最近是否有经常服用安眠药的记录？”

“没有，没相关病历，也没有发现被害人家里有医生处方或药店的袋子之类的东西。”

“正如教授所指出的，最重要的是乙醇的量。从内容物的消化情况来推算，死亡时间大概是在前天晚上 11 点到第二天凌晨 1 点之间，未消化的内容物含大量的乙醇。乙醇是由胃和小肠上部吸收的，但是速度很快，大概在酒后两个小时之内就能被消化系统全部吸收了。乙醇还能与内容物一起残留在胃里，说明被害人喝了很多酒。你们收集到被害人在酒吧喝多少酒的证词了吗？”

“嗯，酒吧店员看得很清楚，他喝了两杯掺水的威士忌。被害人原本就不是来买醉的，只是为了享受店里氛围。他酒量不好，喝一杯就脸红。”

“威士忌的原料是大麦，烧酒的原料是蜜糖类。而尸体内残存的乙醇其原料是蜜糖。所以他离开酒吧之后，又摄取了大量混着安眠药的烧酒——这一可能性很高。”

“这样的话，那两个人果然很可疑啊。”

古手川的嘀咕声没能逃得过凯茜的耳朵。

“古手川警官，你能仔细讲讲那两个嫌疑人吗？我记得解剖的时候，你跟老师提了一下，但没有说完。”

“但我们还在调查中……”

“我们是执刀为被害人解剖的法医学者，不算是局外人。而且从法医学的角度，我们或许能提供一些帮助。”

凯茜的眼里充满了好奇。真琴心想，这也难怪，凯茜回到美国之后，想必会成为具有办案权限的验尸官，因此比常人对犯罪搜查更感兴趣也是理所当然的。这一点和同是法医学者的光崎有着很大不同。

古手川看了真琴一眼，有些不情愿地开口说道：“根据酒吧老板的证词，那天晚上和峰岸透一起喝酒的是宇都宫俊夫和濑川林藏。”

“两个人都向被害者借了钱对吧。”

“嗯，但都不是什么太大的数目。宇都宫借了 100 万日元，濑川借了 50 万日元。”

确实不是什么大钱，真琴的生活虽然说不上富裕，但也觉得远不值得为了这点钱夺人性命。

“宇都宫是峰岸的部下。他以前开过工厂，但是后来工厂倒闭，妻离子散。在他最穷困潦倒的时候，老同学峰岸收留了他。他为了给和前妻同住的长子提供升学费，张口向峰岸借了这笔钱。”

“被曾经的同学雇用，确实是会感到压力的。”

“濑川跟他父母一样务农，但是日子过得艰苦，于是也向峰岸借了钱。其实他家本来就是小本经营，听说生意也不是很好。”

“两个人的不在场证明呢？”

“两个人说的都差不多，晚上九点三个人一起离开酒吧，相互道别。宇都宫说分开之后他就直接回公寓了，但是他一个人住，所以没有人能帮他做证。濑川是跟家里人一起住，他说自己回去后因为温室大棚有破损，于是又出去修补了一下，实际上回家见到家人是在快到晚上 12 点的时候。”

也就是说这两个人都没有完全成立的不在场证明。

“话说回来，你之前说上个月也有类似事件发生，对吧？”

“啊，那个案子是这样的。上个月也是在那个河岸边有个流浪汉被冻死了，据说是因为喝了劣质酒后直接在街头睡着了造成的，确实和这次的事件十分相像……由于死的是个流浪汉，于是就按意外身亡处理了。因此，国木田才会判断这个案子也是意外死亡。”

“那个流浪汉的尸体被解剖过吗？”

“没有，当时只是看了下尸体外表就定性为意外死亡了。”

案发现场的验尸官如果认为无须解剖的话，尸体就会不经解剖直接火化。在有法医制度的城市或许还有些区别，但在没有法医制度的城市里，往往仅凭验尸官的判断可能会错失很多破案机会。

“尽管现在经济十分不景气，但峰岸的公司运营状况却一直良好。他的家庭也没有什么不睦，也没有听说过他在别的地方养女人。如果真的是他杀的话，有作案动机的就只剩下这两个人了。”

先不说因为100万或50万日元而杀人这样的作案动机到底成不成立，如果和被害人生前有过最后的接触的话，被视为嫌疑人也并不奇怪。即便是像真琴这样的外行人，也能理解这一点。

正当古手川想继续说下去的时候，光崎教授慢悠悠地回来了。

“你这家伙怎么现在就来了。”

像是遇到了什么不顺心的事一样，上课回来的光崎一脸不快。真琴暗忖，这是因为学生们表现不佳，还是光崎本身的性格古怪呢？

“你来这儿不过是说这么搜查也不行，那么搜查也不行的废话吧。这样的话，你不如早点回去。这里可是做学问的地方。”

“但教授您不是对我们班长说过类似的话吗？”

“他那种人要是再多两个，我们的工作就别干了。凯茜给你讲过分析结果了吧。办完事你就赶紧打哪儿来的回哪儿去。”

“可是我还没有听完呢。”

“对了，教授，您还没告诉我气管内采集的粉末的化验结果呢。”

光崎闻言，将放在桌子上的文件扔给凯茜。

“要说特殊的话，这个粉末倒确实是特殊。这样一来我们便能确定遗体的状况。”

专心看文件的凯茜表情变得震惊。古手川和真琴看到她的样子，也扭头过去。

“说到底为什么我非得和古手川先生一起去啊？”

“真琴，万事不离实践。现在看的话不过是一时的耻辱，不看的话可就是一生的耻辱了不是吗？”

真琴本来在一直抱怨，听到凯茜话中奇怪的俗语之后，反而平静了下来。虽然对即将去的地方有了些期待，但还是不肯点头认同。

“说实话，我觉得有我和凯茜医生去就行。”

握着方向盘的古手川喃喃说道。真琴心想，虽然他是个总会令人大火的家伙，不过这话倒是没有说错。

“古手川警官，这可不行。这可是个千载难逢的好机会，可以让真琴了解到法医学在犯罪调查方面到底能发挥什么样的作用。”

“可是……”

“您是想和浦和医学院的团队为友还是为敌呢？”

古手川闻言不敢再言语。

三人乘车，抵达浦和区皇山町。这里新兴住宅区与旧村落并存，新旧对比令人有些不适。

“叫我说这里简直就是社会两极化的样板区。”

真琴不由得追问这是何意。

“最初这里是一片农田。后来城郊住宅开发的风潮席卷而来，于是这里也就变成了人口日益增加的新兴住宅区。因为土地是一起售卖的，所以大多数新入住的居民都是高收入者。然而这里以前的居民都是从事第一产业的，收入很低。你看！这里停的车大多数都是时下流行的新能源汽车和四门轿车，但另一边则都是轻型车和小货车。”

古手川这么一说，真琴倒也觉得确实如此，这大概就是这里令人感到不舒服的原因吧。除了房子的规格以外，也能很明显地发现他们生活水平的差异。

“富人才不会意识到这些呢。”

“嗯？”

“我上司说过，富人感觉自己只是穿上外套出门而已，但却丝毫不会意识到，在别人眼中这无异是在炫耀他们的生活有多么富足。房子的规格、穿着的衣服、乘坐的车和下馆子的次数，在他人看来，这简直是嘚瑟过了头。他们会想，明明我们都是住在一个地方，凭什么这家伙这么有钱，条件这么好。明明问题的根源并不在富人，他们应该憎恶的对象也遭人忌恨，但没办法，人就是会羡慕甚至憎恨身边的人。所以这些有钱人会在毫不知情的情况下深深怨恨着对方。”

古手川的一席话像块淤泥堵在真琴心头，令她心情沉重。

“对了，被害人的房子就在那里。”

他手指的地方赫然矗立着一座三层豪宅，即使从远处也能看出来这是一栋相当气派的房子。真琴心想，住在这么奢华的豪宅里面肯定免不了被人羡慕忌妒。

车子转过弯，开到旧村落后面时，几个温室大棚映入眼帘。

三人下车，走向其中一间有人的大棚。

一进去，真琴不由得有些惊讶。她想象中的温室大棚里面应该种着西红柿、草莓之类的蔬果，枝头果实累累。但出乎意料的是，这里一半的土地上都种着颜色各异的花，竞相开放。

“打扰一下。”

“什么嘛，是警察啊。”

这位身着工作服一脸茫然地转过身来的人正是濑川。

他一边用脖子上的毛巾擦着汗水一边走了过来，脸上的不耐烦一览无余，似乎想说，可真麻烦，赶紧滚吧。

“真是抱歉，打扰您工作了。”

“你们找我有什么事吗？我还想着趁着今天把破损的地方都修补一下呢。”

“我们不会占用您很长时间。请问你和宇都宫还有峰岸是同学，对吗？”

“是的，我们一直到初中还经常三个人一起出去玩。峰岸去了另一所高中以后，我们就变得疏远起来了。”

“峰岸以前是个什么样的孩子呢？比如说，他会欺凌同学吗？”

“恰恰相反。他因为个子矮，总是被我和宇都宫欺负。我们当时还总是使唤他跑腿。”

“宇都宫也说过这段经历。他说不仅是让峰岸跑腿，你们当时还会对他拳打脚踢。”

“……这种事，我记不太清了。”

“后来总被欺负的峰岸回来了，创办了一家建筑公司，并且自己当了社长。”

“嗯，大概是这样吧。”

“然后你们三个人又开始聚在一起喝酒了。但毕竟之前发生过不愉快，你们能做到心无芥蒂吗？”

“都过去快四十年了，我们三个也都是成年人了，就算有些误会，也不过是因为当时太年轻气盛。而且那家伙算是出人头地了，我却还抠抠搜搜过着穷日子。说到底，我可是丢人到要去向当年被我欺负的人借钱的地步了。”

濑川撇嘴自嘲。

“抱歉多问一句，你借钱是为了做什么呢？”

“你可真够没礼貌的。就是为了这个啊，这个。”

濑川指着温室的棚顶。

“我将 PVC 材质的换成 POF 的，这两者性能可是天差地别。我借的 50 万日元不过也只是更换费的一部分。”

“你不仅在大棚里种植蔬菜水果，还将园艺也移到这里面了。”

“我就是个小本经营的农民，只靠蔬菜水果可活不下去。我种的这些是高级盆栽，竞争对手不多，算是勉强度日罢了。”

“啊，这花可真漂亮啊！”

古手川丝毫不介意濑川的冷漠态度，没礼貌地直接走进大棚。

他停下来的地方，种着一朵类似于樱花的花，绽放着的花瓣层层叠叠，几乎要遮住花茎，然而花瓣的颜色却不同于樱花，呈现出一种艳丽的蓝紫色。

“这是什么花？”

“瓜叶菊。它在日本也叫款冬樱。你看，叶子的部分像是款冬，覆盖植物的花瓣看起来则像是樱花。这可是我这里最贵的盆栽了，现在这个时节，要是不在温室里可没法培育。我是这一带唯一种植这种花的人。”

濑川之前一直轻蔑地撇着嘴，在介绍完自己的花后，不由得有些得意，嘴角微微上扬。

“我可以近距离欣赏一下吗？”

“当然了，请便。”

“对了，你在酒吧和峰岸喝完酒后，是一个人回家的，对吧？”

“是的。但是那天下起了小雨，我想起温室大棚的棚顶有一条裂缝，于是赶紧回来修补。所以很晚才弄完回家。”

“你离开酒吧后，有再看到过峰岸吗？”

“没有，我之前已经回答过这个问题了。”

“绝对没有？”

“你怎么这么啰唆！我说了没看到就是没看到！”

“这样啊……哎呀，真是的，我手上怎么沾上了花粉。”

真琴看着竖起手指的古手川，不禁傻眼。这人怎么这么做作，刚刚不是他自己大摇大摆走到花丛中，用手指杵花蕊的吗？

“麻烦你检验一下了。”

古手川回到了真琴她们这边，真琴从包中取出了显微镜。这是一款基恩士数码显微镜，虽然是小巧便携款，但如果安装了转接镜头，放大倍率可以到 960 倍。

凯茜将从古手川手指上提取的花粉放在载玻片上，眼睛贴近上面的目镜，仔细观察。

“喂！你们这些家伙在搞什么名堂！”

濑川对事情突如其来的走向很是惊慌，但古手川和凯茜却对他视若无睹。

“老师，怎么样？”

“就是它，完全一致。”

“你们这群人，什么完全一致？”

“峰岸先生的气管里附着了和这个一样的花粉。”

濑川脸色骤变。

“换句话说，那天晚上峰岸来过这个温室大棚，而且当时还活着。想必他是在呼吸时不小心吸入花粉的吧。刚才可是你亲口说的，这附近种植瓜叶菊的就只有你自己。当然，我们事先已经跟农协核实过这一点了。”

“你、你们说的不过是瓜叶菊的花粉罢了，这又算不上什么证据。”

凯茜回应了他的狡辩。

“无论是动物还是植物都有DNA。只需将遗体内残留的花粉与该花瓣进行DNA比较，就可以迅速确定它们是否来自同一株花。”

“他、他其实是在出事之前来这里的。”

“这也是不可能的。在气管的表面，黏液下的腺上皮细胞作为防御机制的一部分会时刻待命。也就是说，它们会不停地高速振动，从而使黏附在黏膜上的垃圾移动到口腔处。因此气管中残留了花粉，说明峰岸吸入花粉时，要不然已经死亡，要不然就是失去意识前不久。”

古手川走到濑川面前：“被害人从店里离开时，就已经醉得很厉害了。你把他绑架到了这里，强迫他喝下掺有安眠药的酒。当他失去意识后，就把他扔在河岸边，自己回家了。身体被雨水打湿，到了半夜会由于体温下降而被冻死，这一招你是从上个月的流浪汉案件中学到的吧，我说的有错吗？”

看着脸色已变得铁青的濑川，古手川乘胜追击。

“如果能确定案发现场的话，就会找出新的证据。你这里的土壤主要是腐殖土，对吧？如果从被害人所穿的衣服上采集到的泥土，和这里土的成分是一样的，你该作何解释？而且也有可能从这里检测出混有安眠药的烧酒液体。”

濑川听完，气力尽失，瘫倒在地。

“濑川全部认罪了。”

第二天，古手川就来汇报了。由于法医学教室里只有凯茜和真琴，于是气氛轻松欢快。真琴不禁想道，如果光崎教授也在的话，这愉快的氛围肯定一下子就消失殆尽了。

“凯茜副教授关于 DNA 的话起到了关键作用。审问时，濑川已经放弃挣扎了。”

“他和上个月流浪汉的案子有什么联系吗？古手川警官似乎怀疑濑川也涉及了那个案子？”

“他说流浪汉的冻死不过是场意外，是将其用了做参考而已。而且检验科已经按照意外死亡来处理，尸体已经被火化了，现在就算想重新展开调查也难。”

“但是他居然能拿到安眠药。市面上能买到药效这么强的药吗？”

“那是因为有一段时间，濑川因为农田收入不佳而得了轻度抑郁。这是他当时从医生那里拿到的处方药里剩下的部分。”

既然都在谈论这起命案了，真琴便又提出了一个自己的疑惑。

“可是我还是没法相信，怎么会有人为了区区 50 万日元的借款就杀死自己的朋友？”

听了这话，古手川突然脸色沉了下来。

“那 50 万日元不过是诱因罢了。”

“诱因？”

“濑川心生杀意是在案件发生的前一天。他们像之前一样在酒吧里喝酒之后准备回去，结果峰岸主动提出要将借款一笔勾销。”

“真的吗？真不错呀，他们果然是好朋友。”

“恰恰相反……峰岸说的是，不过是 50 万日元而已，不用还了。不过作为回报，你就当我的狗吧。”

“狗？”

“‘你看到我的话，就要学三声狗叫。然后仔仔细细地舔我的鞋子。’濑川是因为他的话而心生怒气。”

真琴一时竟不知说什么是好。

低头向过去自己欺负的家伙借钱，并且被对方侮辱，濑川的不堪和悔恨自是不必多提。但峰岸倨傲地大放厥词时所展现的人性黑暗，更令真琴感到恐惧。

“‘我从父母那里继承的农田经营不善，而那家伙之前明明受人欺凌，现在却成了人生赢家。’平时的差距就已经令他感觉郁积在心，又偏偏在这个时候受到了刺激。点燃导火线的不是别人，正是峰岸他自己。”

真琴不由得回想起那片新兴住宅区和旧村落并排而立的光景。这就是社会差距的缩影，或许濑川内心的景象也是如此。

“这次多亏您二位的帮助了。”

“别客气，再说都是因为教授发现了花粉。真琴，你现在对于法医学的作用多少理解一些了吗？”

真琴颔首。如果只是按部就班地进行司法解剖的话，或许濑川的犯罪行径就不会被揭露了。

真琴想到这里，突然注意到还有一个没有被解答的疑惑。

光崎为什么要采集被害人的肾皮质呢？

第二章　加害者与被害者

1

“请问您那边可以做解剖，对吗？”

“欸？”

“可以给人进行详细全面的解剖，对吧？”

“啊？”

法医学研究室的电话号码并不对外公开的，所以如非警方等知道号码的相关人士，这种事先没有预存号码的来电都会先打到接待处，然后再转接到这里。

真琴听到电话响便立马接起，而对面传来的却是一个连话都还没说利索的小女孩的声音。

“去你那边就可以帮我解剖吗？”

“解剖？你到底是谁呀？”

“我叫篠田止沙，沙是三点水加一个‘少’字。”

听声音，似乎还在上小学一二年级。

“止沙，你今年几岁了？”

“止沙？九岁。”

“止沙，我这边是法医学研究室，是调查出于事故等原因去世的人死因的地方哦。”

“嗯，我知道，我在电视上看过，是像警察一样做调查和鉴定的地方，对吧？”

其实从严格意义上讲并不是这样，但是在一个九岁孩子的眼里，大概就是如此。

“所以我才想请你帮我做解剖，因为有人在事故中去世了。”

“那这个人……是你的家人或者朋友吗？”

“不是，是我不认识的人。但是我希望你们能帮我解剖。”

“为什么要解剖一个不认识的人呢？”

“因为如果不解剖的话，爸爸和妈妈就会有麻烦，所以拜托你帮帮我吧。”

真琴听得一头雾水。

“真琴，是案件申请吗？”

凯茜从旁边插了一句。不能让凯茜接电话，一个外国人和一个九岁的孩子对话，可想而知会有多么混乱。

真琴耐下心来听了下去，终于理解了止沙想说什么。

原来是这么一回事。

止沙的父亲在开车的时候撞倒了一位女性，而那位女性不幸身亡。但是止沙说她的父亲一直以来开车都非常小心，家人都不相信父亲会开车撞死人。

“但是，事实来看应该是真的撞到人了吧。”

“爸爸开车不会那么危险的。”

“但是被撞的人都死了。”

“爸爸根本没有撞到她。”

不行，这样下去永远也说不清楚。真琴感到为难，无奈之下向凯茜说明了事情的来龙去脉，而这位红头发的副教授却笑着说道：“你可得认真听她说哦。小孩子对事物的感知是非常敏锐的，如果你这次只是敷衍地草草了事，她将来不仅会对法医学研究室，甚至可能对大学以及里面的教职员工都充满不信任感，那你的责任可就大了。”

“哪有那么严重。”

“先不说是不是案件吧，听她说话也不花钱，反正你现在也闲着没事干。”

接了这通电话只能算我倒霉吧，真琴在心中这样想着，无奈地叹气。

“止沙，你的家住在哪里？”

“见沼区大树町，但是现在家里没有人，都还在警察局。”

“是在哪儿发生的车祸呢？”

“啊……是大宫的体育馆附近。”

如果说是发生在大宫体育馆附近的话，那应该是归大宫警察署管辖的。真琴给交通科打电话确认了一下，在大宫体育馆附近的十字路口处的确是发生了一起车祸。

一开始认为不过是一个小孩子打来的电话罢了，当玩笑话听听就好，但现在回想起来，止沙的语气的确是十分严肃认真。而且她自我介绍也做得十分清晰，所以这应该不是一场恶作剧。

而且刚刚凯茜的那段话，让真琴更感到自己身上的责任重大。

“如果不解剖的话肇事方会很为难，这还真是个有意思的案子啊。虽说看起来不过是一起普通的交通事故，但是这个小女孩的话却让人觉得似乎另有隐情。这种情况下我们法医学者更应该耐下心来好好听才对。”

凯茜将来想回美国做验尸官，所以对任何有可能涉及刑事的案件，她都显得非常积极。最后，真琴可怜兮兮地被止沙和凯茜两人“逼迫”着去了趟大宫警察署。

凯茜自然也一同前往。其实，只要报上浦和医大法医学研究室的名字，哪怕真琴一个人去，应该也不会在那边的警察署吃闭门羹。但是凯茜却说两个人去比一个人去更有说服力。这压根儿就是胡说八道，她就是想去参与现场调查而已。

二人到达了大宫东署交通科，而出现在那里的一个男人却让她们大吃一惊。

这人正是县警古手川。

“哎哟，您二位怎么到这儿来了呀？”

“应该我们问你才对吧。古手川警官不是搜查一课的吗，怎么会出现在交通科呢？”

“这个嘛，虽说不是一个部门，但都是警察嘛。倒是你们，我没听说大宫东署有申请法医鉴定啊。”

“我，我们当然是……”

当然是受到相关人员的委托——真琴话到了嘴边却停住了。虽说是受到了委托，但委托人却是肇事者的亲属，而且还是一个九岁的孩子。如果是死者家属的委托倒也还好，现在这样道理上完全讲不通。

就在这时，凯茜插话道：“但是既然你也来了，就说明你也怀疑这不是一场单纯的交通事故吧。”

“这个嘛……”

“我们是接到了一个叫作篠田止沙的女孩的电话，她现在在哪儿？”

“哎，那个孩子刚刚还在等候室呢……不过，你们不会都信了那个小孩子的话吧？”

“咦，古手川警官，你这是说漏嘴了吧。你没有提到打电话的是肇事者一方，而只是说这是小孩子的话不可信，也就是说，你对于肇事方要求解剖死者这件事没有异议。”

古手川瘪了瘪嘴没说话。果然在斗嘴方面，姜还是老的辣。

“看来您二位是不见到那个小女孩不罢休了，好吧，那我来带路。”

古手川带凯茜和真琴来到了等候室，在那里见到了一个穿着打扮像是刑警的男人和一对母女。

那个男人不耐烦地看向古手川。

“古手川警官，这次又怎么了？我刚刚已经说过了这就是一场单纯的交通事故，并不需要劳烦县警本部的人。”

“这二位是浦和医大法医学研究室的人。而且把她们叫来的也不是我，好像是那个小女孩。”

“啊，是我。”

女孩不慌不忙地把手举起来，反倒是坐在旁边的母亲显得十分惊讶。

“止沙，你什么时候打的电话，我怎么不知道？”

“我是看你和爸爸都愁眉苦脸的，就在手机上搜索了‘埼玉解剖’，然后就弹出来了浦和医大法医学研究室的电话号码，所以……”

听完母女俩的对话，真琴大致了解了事情的经过。不过对于车祸的细节仍然一无所知。

“事情怎么就变成这样了？县警本部的人来了，现在连法医学研究室的人也来了。”

大宫东署交通科的多田井警官抱怨道。不过虽然心有不满，但也不好对特意从医大赶来的两人太过刻薄，于是多田井心不甘情不愿地开始讲述起了事件的经过。

事故发生在昨天上午九点三十分，地点是大宫体育馆附近的大和田公园入口。肇事者篠田雄作是一名补习班老师，事发时他正开着私家车在三十五号线上向北行驶，与骑着自行车从对面驶来的家政人员栗田益美相撞。

现场勘查已经结束，书面材料也已大致完成，真琴和凯茜要来材料看了起来。

“根据肇事者的说法，他在正常驾车行驶时，死者的自行车突然冲入机动车车道，自己完全来不及打方向盘。而实际上由于案发地没有设置护栏，双方都有可能进入对方车道。”

两人正阅读着勘查记录，多田井突然说道。

“机动车道内也发现了轮胎痕迹，所以也存在肇事者超速行驶的可能。车祸发生的时候有行人经过，我们也找到了几位目击证人，但是没有人提到是自行车撞向汽车的。对于当时肇事者车速达到了多少，也是众说纷纭。而且由于昨天雨一直下到半夜，路面完全被打湿，所以从轮胎痕迹去推测当时的驾驶速度也是比较困难的。”

真琴有一个非常在意的点。

“请问死者是？”

“是一位年轻女性。接到急救电话后救护车就飞快地赶往了现场，但是由于肋骨骨折以及内脏破裂，这位女性当场死亡。”

“勘查现场了吗？”

“也已完成。死者应该是先撞击到车体上而后又被撞飞，腹部的伤口也能证明这一点，所以检视官便将其认定为事故死亡。”

“也就是说，没有申请司法解剖是吗？”

“对，因为死因已经十分清楚了，所以没有解剖的必要。”

现场勘查记录

平成二十五年十一月十日

埼玉县警大宫东警察署

司法警察多田井诚司

关于嫌疑人篠田雄作的驾车过失致人死亡案件，现场勘查如下。

记录一、现场勘查时间

平成二十五年十一月十日上午九点四十分至十一点

二、现场勘查地点，人身或物品

地点：埼玉市见沼区大河田町四四五一〇路口及周边

物品：普通私家车（大宫 300se45-6×）

三、现场勘查目的

查明本起交通事故的具体情况并留存证据

四、现场勘查当事人（家庭住址，职业，姓名，年龄）

埼玉市见沼区大树町三丁目二十五一三　补习班老师　篠田雄作

四十岁

五、现场勘查经过

见附录

（中略）

七、当事人篠田雄作在从南中野方向驾车开往大和田方向，本人称其为“从家中出发去补习班的途中”，并指出以下各地点。

●看到受害人的位置为地点甲

●当时本人的驾驶位为地点①

●和对方接触的地点为地点 ×

●当时本人的驾驶位为地点②

●本人停车时驾驶位为地点乙

●对方倒地的位置为地点③

八、路面痕迹情况

在对现场路面进行勘查时发现有轮胎痕迹。

（交通事故现场示意图参照）——

多田井理所当然地说道。的确，就目前了解的情况来看，非事故死亡的可能性很小，检视官的判断也合情合理。虽说检视官都是通过检查遗体表面进行感官判断的，但是如果这些足以明确判定是意外事故的话，不进行解剖也是无可厚非的。

不仅是埼玉县警，全国的警察都是不到万不得已不会去申请司法解剖的。这并不是因为大家消极怠工，而是必须考虑到资金预算这一残酷的现实。

通过参与这几次的司法解剖，真琴虽然只算刚刚入行，但也大概了解了整体情况。国家将司法解剖的费用分为几部分，首先是验尸礼金（给参与尸体解剖的医生的谢礼），大概一具尸体是几千日元；然后是解剖尸体的酬金（制作司法解剖鉴定书费用），一具尸体是七万日元；还有尸体解剖外部委托检查费用（药物检查等）等，一共十六万日元。日本病理学会计算出一具尸体解剖费用总计为二十五万日元，而实际情况中需要支付的费用往往比这还要高得多。

与此相对，日本全国用于司法解剖的预算每年只有十几亿日元。这些钱只能勉强够解剖几千具尸体。所以不论是警察还是公安厅都必须严格控制预算，除非是明显有蹊跷的案件，否则警官们都不愿意申请解剖。横亘在查明死因这一崇高使命面前的，是金钱这一严峻的现实。

真琴在又一次因眼前的残酷现实而感到手足无措的时候，止沙打破了沉默。

“但是，我的爸爸根本没有撞人。”

“止沙！”

止沙的母亲急忙开口制止，但是声音却听上去十分无力。

“爸爸一直都严格遵循速度限制，从来不会急刹车或者急转弯，甚至比公交车还安全。爸爸这么遵守交通规则的人是不可能撞死人的。”

止沙的妈妈这次什么也没说，只是掩面哭泣。止沙说的话大概是真的。

“您也认为这次事故并不是您丈夫的过失吗？”

古手川这样一问，止沙的母亲真纪垂着头缓缓开口：“是的，我也认为我的丈夫绝不会这样开车的。他自己也说是看到眼前突然冲过来一辆自行车，所以急忙踩了刹车，然后对方就向已经停下的车撞了过来。”

“但是，怎么会有人自己撞向停着的车呢？”

多田井非常烦躁地挠了挠头。很明显，他是想将这起车祸当作简单的意外事故处理。

“死者栗田小姐前一阵子才刚刚订婚，幸福着呢，肯定不会有自杀的念头的。”

“能拜托您再调查一下吗？”

“还调查什么？现场的情况、目击证人、尸体的外伤，不论怎么看这都只是一场意外事故而已啊。”

“但是这样一来，我的丈夫就会被判刑了吧？”

“那是自然，这可是死了一个人啊。即便判不了危险驾驶罪，过失致死罪也是无论如何都避免不了的。”

“……那应该是个很重的罪吧？”

“七年以下有期徒刑或是缴纳100万日元以下的罚金。不过，这还只是刑事处罚。”

“只是刑事处罚……这是什么意思？”

“如果死者家属索要民事赔偿的话，这些肯定远远不够。毕竟死者的家属现在也是伤心欲绝。”

悲痛和难过都会随着时间的流逝转化为赔偿金额的增加。毕竟女儿还那么年轻，而且才刚刚订婚，父母的悲愤之情可想而知。

“如果那样的话……”

真纪顿时慌了神。看到母亲这个样子，止沙也快要哭了。

真琴心想，不能让这对母女再继续待在这里了。而旁边的古手川却先开了口。

“多田井警官，不好意思，您能先离开这里吗？”

“为什么？”

“因为小孩子很害怕。”

真琴忍不住想笑。虽说这样不留情面的逐客令十分失礼，但是倒是很符合古手川的作风。不过真琴对于他能立马关注到止沙对这件事的感受，还是感到有些意外。

多田井似乎想说些什么，但是看看古手川又看了看止沙后，冷哼一声便离开了。

“那么……”

古手川走到了真纪和止沙的面前看着两人。不知是不是真琴比较敏感，总觉得这次他看她们的眼神比之前柔和了许多。

“重新介绍一下。我是县警本部的，不是交通科的，所以和这个署没有任何的利害关系。除此之外，我也没有受到任何协助搜查的委托，所以希望你们能够放轻松，回答我接下来的问题。”

“好、好的。”

“我这个人也不太能顾及别人的感受，所以我就开门见山地问了。你害怕的究竟是你丈夫被判刑还是那笔巨额的赔偿金呢？”

真纪犹豫了一下，偷偷看了一眼古手川，然后慢慢开口。

“说实话，赔偿金真的不是一笔小数目。”

“说的也是。”

“我的丈夫在补习班当老师。我不知道外界是怎么看的，但是除了经常出现在电视上的那些名师，普通补习班老师的工资一般和公立学校的教职员工差不了多少。如果把公务员的福利待遇和工资体系也考虑进来的话，说不定还不如他们。最近因为少子化的关系，学生也有减少的倾向。”

关于这个，真琴也听说过。最近由于少子化，不仅学校受影响，过去随着考大学热潮而壮大起来的教育培训行业也受到了重创，部分课程被减掉，补习老师的工资也是一降再降。

“之前学生多，生活还能宽裕些。那个时候买的房子，到现在贷款还没有还完。”

听说很多家庭都是趁着孩子出生购入房产。如果篠田家也是这样的话，那看止沙的年龄，贷款应该还剩很多没有还完。

“刚刚的警官说可能会考虑缓刑，但是三年的有期徒刑是怎么也逃不掉的。我虽说也在打零工，但是丈夫三年都不在的话我们根本活不下去。而且如果再被民事起诉的话，就更需要钱了。虽、虽然十分对不起死者家属，但是这笔钱我们实在是拿不出来。况且房子还在还房贷也没法变卖。”

真纪的声音越来越小。

真琴也感到一股无奈的忧伤。不仅仅是交通事故，从出现被害者的那一刻起，加害者一方就同样开始背负着沉重的不幸。如果对被害者的亏欠能够全部换算成金钱的话也还好，最麻烦的是由此产生的怨恨与悲痛。感情是无法用金钱换算的，所以不论经过多长时间，心底里始终会有过不去的坎儿。即便篠田家支付了全部的赔偿金，事故在双方的心中烙印下的伤害也不会就此被抚平。

“但是，还有比钱更重要的事。”

真纪突然坚定地抬起头。

“我还是坚信我的丈夫不会如此大意地开车以致撞死人。他的车开得特别稳，每一个坐上他副驾驶的人都会这么说。一般都用‘摸石头过河’形容小心谨慎，补习班的其他老师甚至说他开车也是‘摸石头过河’……其中一定有什么误会。”

“但是不管注意力多么集中的人都会有一时分神的情况呀。”

“不，他绝不会。我丈夫开车绝不可能违反交通规则的。”

“……是发生过什么特别的事情吗？”

“丈夫有一个比他小很多的妹妹。如果还活着的话，正好和死去的益美小姐差不多大。”

“是出了什么事吗？”

“他这个妹妹在十几年前被一个酒驾的司机开车撞倒当场身亡。也正是这个原因，所以丈夫开车一直都倍加小心，一丝都不马虎。”

古手川一瞬间说不出话来。

这个理由确实足够有说服力。

“事情我都了解清楚了，也就是说，您认为是死者故意撞向您丈夫的车的，是吗？”

“我认为一定是自杀，虽然这么说对于死去的女孩有些过意不去。”

“您是认为解剖之后就能够查明真相吗？”

“那女孩是不是患上了什么不治之症？总之一定另有隐情，拜托您一定调查清楚。”

听了真纪的话，真琴感到十分压抑。

刚刚那番话会不会是真纪因为无法接受丈夫开车撞死人的事实而在强词夺理呢？退一万步说，即便真的是死者想自杀，通过司法解剖也几乎不可能验证出来。

虽说真纪的怀疑并非没有道理，但实在没有证据可以证实她的猜测。止沙大概也是不忍心看到母亲这么难过，才会求助于法医学研究室吧。

即便如此，看着紧紧搂住母亲的止沙，真琴也无法不动容。

安慰过母女二人之后，离开等候室，凯茜便不满地说："虽说我知道说了也没用，但是如果不增加司法解剖的数量、设备和医生的话，这种问题将会一直存在。"

真琴终于忍不住发问："那……就像这种普通的交通事故，也要全部解剖吗？"

"Of course，不论是自然死亡还是意外事故，都需要查明死因。如果说司法解剖条件不允许的话，那至少也应该做影像诊断。这样的话，像刚刚那对母女那样的情况也会减少。"

"但是，仅凭外伤就足以判断的情况也是存在的吧。"

凯茜说的不无道理，但是预算和设备匮乏的现状还是令真琴十分沮丧。

"不，即使是简单的案件，也应该进行解剖并将结果作为数据留存下来。因为这对于将来的犯罪搜查一定是有帮助的。"

"单纯的意外事故也需要吗？"

"虽然简单，但也是珍贵的数据。美国有一个叫作'人体农场'的研究机构，在那里使用尸体进行腐烂实验或是枪伤实验是再平常不过的事情。"

“枪伤实验？”

“就是使用尸体进行实验。比如，不同种类、不同口径的枪以何种角度，从多远的距离射击，会形成什么样的伤口……将这些实验结果全部形成数据，然后应用到实际的犯罪调查中去。解剖就是这么有意义的事情。”

真琴越来越真切地感受到日本和其他国家的不同。她虽然承认凯茜的话说得很有道理，但是情感上却无法认同。

一旦死去，遗体就会被当作实验材料——这已经成为他们那里的常识。当然日本也有对捐献的遗体进行解剖的实习，但是在操作前后真琴都会对其示以敬意。因为在真琴心里，他们即使停止了呼吸，从本质上来说也还是一个人，应该对其怀有敬意。

这时，古手川从一旁插话道：“凯茜医生，你这个话能否再稍微加工一下，让人更好理解？就是……对，就是所谓的包装一下。”

“Why？”

“我在想，我们可以拿来说服死者家属。”

对于这个回答，凯茜震惊地睁大了她蓝色的眼睛，真琴也是一样惊讶。

“你是说你要接受那对母女的委托吗？”

“我们可没有多少时间了。”

古手川的语气显得有些焦急。

“古手川警官为什么如此执着于这个案子呢？”

“不是，我不是执着。”

古手川缓缓地摇了摇头。

“这里的署长不喜欢案子堆积，所以一定会要求尽快完成尸体鉴定报告。报告一旦完成，死者家属就会立即火化遗体，那就为时晚矣。”

古手川边说边向外走。

“古手川警官你去哪儿？”

“去找死者家属。”

凯茜也理所应当地跟了出去。

真琴想着不能一个人留在这里，于是又一次“被迫”跟随二人一同前往。

2

“为什么事到如今还非要解剖益美的身体不可？”

死者的母亲栗田洋子异常激动地大喊。三个人只能站在玄关处挨骂。

“本、本来就被车祸搞得遍体鳞伤的身体，为什么还要……”

“阿姨，现在只能知道是内脏破裂导致的死亡。如果进行解剖的话，就能够查清楚具体是哪个器官受损到什么程度。”

真琴默默叹气想装作没有听到。凯茜的话过于理智，完全不带一丝感情。这反而会起到负面效果。

“我不想知道那些，即便是知道了，益美也不会回来。”

“Oh，那是当然的，人死自然是不能复生。法医解剖也不是妖术，无法让逝者起死回生。”

真琴不禁头大。凯茜医生对尸体都能抱有严谨的态度和满腔的热爱，怎么唯独面对活人的时候如此冷漠迟钝呢？在这一点上，简直和光崎一模一样。

“但是如果解剖的话，您女儿的死将会作为珍贵的数据一直留存下来。”

“请你回去！”

洋子无法控制自己的情绪大声喊叫了起来。这时洋子身后出现了一个上了些岁数的男人。

“别这样，孩子妈，太吵了。”

“但是……”

这个男人大概是死者的父亲栗田修平。

“在门口吵闹的话，邻居都能听得到。我们进屋说吧。”

三个人听了修平的话进到屋里，面向这对老夫妇坐成一排。

真琴实在是不忍心正视修平的面孔。本以为修平既然能够安抚洋子，一定是一个能够很好地控制自己情绪的人。其实不然，修平脸上也同样写满了伤心欲绝。只不过洋子选择歇斯底里地将悲痛发泄出来，而修平则是完全表现在了脸上。

木制的相框里还有他们和女儿的合照。原来益美是独生女。

“你们……”

修平平静地开口，他的声音听起来格外的苍老。

“你们说想要解剖益美的尸体，到底是出于什么理由呢？刚刚我隐约听到你们说是想弄清楚具体是哪个器官破裂，然后作为数据使用什么的。”

“Yes，人的死因本就应该彻底调查清楚。”

“益美虽然已经死了，但是作为数据还是有价值的，您是这个意思吗？”

不能再让凯茜说下去了。

真琴立马接过话来。

“不是的，抛开数据不说，我们必须要查清楚您的女儿究竟是因何而死的。”

“即便是不查清楚又能怎么样呢？不就是那个姓篠田的男人开车撞了益美，导致她内脏破裂而死的吗？还有什么不清楚的？”

“但是，这仅仅是警医在现场对尸体表面的勘查所做出的简单判断而已。”

“不论是内脏破裂还是头盖骨凹陷，益美被撞死这个事实都不会改变。脸上没有明显的外伤算是我们唯一的一点安慰了。我的女儿是一个五官姣好的姑娘，我们希望能够让她漂漂亮亮地上路。”

“但是……”

“是篠田家让你们来的吗？他和你们说我女儿是自杀，让你们把我女儿解剖然后查出真相是吗？”

修平直视着真琴，那双眼睛混沌空洞，似乎看不到未来。

“我再重申一遍，益美没有任何的自杀动机。之前得的病也好转了，明年春天就要结婚了。男方也是个踏实的小伙子，身体也好。前一阵子益美还和我的妻子一起为结婚做准备，练着一道道拿手好菜，每天都过得很快乐，这样的人怎么会自杀呢？”

真琴无法反驳。

“自杀？别开玩笑了。这只是肇事方想要逃避责任才编出来的说辞而已。刚听到这话时，我真的是气得不行。对自己所做的错事不但不反思，竟然还将问题归咎到我女儿的身上，简直荒谬至极。”

修平语气平淡地说出这番话，脸上看不出一丝怒意，但却能让人感受到他尽力压抑着的怒火。

古手川这样回答：“但是从目击证人的说法来看，无法判断当时肇事者的车辆是否存在超速行为。”

“都说警察们比起被害人更尊重加害人的人权，现在看来果真是如此。竟然这般为那个姓篠田的男人辩护。”

“不是这样的。”

“不用再说了。负责现场勘查的警察已经认定了确实是由于交通事故导致的死亡，我们现在就等着拿到火化许可证然后就把益美送去火化。”

“等等，如果这样的话，可就永远都无法知道真正的死因了。”

“我已经打听过了，如果不是非自然死亡的话，想对遗体进行解剖必须要得到家属的许可对吧？”

“是的。”

“而且，那个费用还需要死者家属全部承担？”

“……对。”

“从解剖的设施费到遗体搬运费都需要我们来支付。”

"……是这样的。"

"你是觉得我们会同意？为了找出有利肇事者的证据而让我们受害者家属去承担这笔高昂的费用，同意你们把我最珍贵的女儿拿去切割解剖？"

这一次古手川也无力反驳。

"还有一点，说实话，我不希望我的女儿第二次被杀死。"

"第二次？"

"第一次是被车撞死，第二次是被解剖。我不希望女儿的身体再受到任何伤害。"

修平的声音带着悲痛。然后就在修平语毕的下一秒，洋子开口了。

"一听到益美遭遇了车祸，我们立刻赶去了现场。在我们确认完遗体身份后，警察说是为了保存证据，连碰都不让碰。益美的衣服全都被脱下来，光着身子，在那么个大冷天里……我多想一直守在她身边，多想去抱抱她让她暖和一些，但是我们却被迫与她分开了。"

洋子说到一半，忍不住开始抽泣。

"后来终于见到了。是在太平间。益美还是光着身子，从胸口到小腹，伤口一清二楚，我实在不忍心看下去。脸是惨淡的青色，头发上也沾满了泥土。不仅颜色变了，连身体的形状都变了。这个孩子皮肤很白，她还一直以此为骄傲呢……"

洋子无法再继续说下去。修平看不过去，接过话来："这个孩子的表妹在很多年前在街上遭遇随机杀人身亡了。"

听到这里，三个人都吃了一惊，一齐看向修平。

“当然，那个时候她的遗体被送去做了解剖。在解剖完全结束之前，孩子的亲生父母甚至都没有机会碰碰她，他们就这样在不安和绝望中度过了一天又一天。后来终于等到了能见面的那一天，遗体就被放置在了垃圾场旁边的停尸间中一个银色的金属架上，上面盖着一张肮脏的席子。对，好像遗体一旦解剖完成就完全失去了利用价值，于是就像垃圾一样被扔在一边。我和妻子在听说了这件事之后，便深刻地体会到解剖是多么不近人情。”

其实，真琴也是最近才知道的。日本的警察署都不大，所以安置遗体的空间也有限，而能供遗属等待的地方就更有限了。日本司法解剖数量少是一方面，但是更重要的原因是，警察完全没有把遗属的心情放在心上。

“你们已经清楚了吧。我们不想再让任何人伤害我女儿的身体。想到那笔费用还需要我们去承担就更是生气。”

简直没有任何商量的余地。古手川沉默不语，一向能言善辩的凯茜这次也没了话。而真琴则在后悔自己为什么要跟着来这里。

连真琴这样的旁观者都感受得到死者家属的伤心欲绝。法医学研究室不允许遗属进入，所以一直以来也没有想过这些，甚至渐渐忽视了遗体也是有家属的。混沌的眼球、惨白的皮肤下，隐藏着的是这些亲属们无法言说的悲愤。

“请回去吧。”

修平不再看他们。

“趁我们还保持着最后的理智，赶紧离开这里。”

三人还算体面地从栗田家里被请了出来，回到车里的三人都像丢了魂一样。

“这个应该是文化的差异。”

凯茜自言自语道，而一旁的真琴完全想不通凯茜为何还能保持如此冷静的语气。

“文化差异？在美国家人去世后都不会悼念的吗？”

“真琴，我说的是对解剖的看法。之前我看过一本书上说，在日本的《解剖新书》之前是没有解剖尸体这种体系的，对吧？”

“是的。”

“不仅如此，将罪犯的尸体公开示众也是过去的刑法之一，没错吧？”

凯茜说的便是过去的磔刑和斩首示众。虽说已经是很久之前的刑罚了，但确实是存在过，所以真琴也无法否认。

“但是，相较日本，欧洲和美国早就将解剖系统化并应用到实际案件中了。而且，在我们眼中灵魂和肉体是分离的，脱离了魂魄的肉体，即便是解剖了人们也并不会有太大的抵触。而日本解剖率之所以如此低，除了预算不足的问题之外，还与这种感性的思维方式有很大的关系。”

这样说来，半强制性地实行司法解剖的法医制度，也是在战后通过驻日盟军总司令的指导而传入日本的。借用凯茜的话来说，解剖这一制度是美国的理性主义将日本感性主义驱逐后的产物。

“凯茜医生的话确实有道理，但是眼下的问题是如何说服那对深深被这种思想影响的夫妻俩。”

的确凯茜一直强调的这种合理性，不但无法说服栗田夫妇，还有可能起到反效果。凯茜似乎也明白了这个道理，满脸郁闷地沉默了。

“不过，古手川警官您为何这么执着于解剖呢？”

真琴这样问道，因为他不像是会出于私心而偏袒篠田一家的人。

“肇事者的这些说法当然会被认为是为自己辩解，但是……”

真琴有些好奇，这个男人一向是有话直说，但这次却吞吞吐吐起来。

“有什么让你觉得不对劲的地方吗？”

“栗田益美是在机动车道上被撞死的，篠田的车并没有开到人行道上。”

“是的。”

“篠田称自己并没有超速。当然他也有可能是在说谎，可能实际上他开得很快，然后没来得及躲避从前方过来的自行车。”

“是的。”

“不过，如果看到前方有车向自己开过来，骑自行车的人正常情况下应该会避让吧，比如说刹车，或者说向人行道方向转向之类的。但是就现场的调查来看，并没有发现自行车采取避让行为的痕迹。这一点我总觉得奇怪。”

“但是，也可能是眼前的车飞速向自己驶来，完全来不及反应吧。”

“对，完全有可能。”

古手川虽然这样回答，但是语气显然没有完全接受。

“栗田夫妇说了不希望自己的女儿的身体再受到任何伤害了，对吧？”

“嗯。”

“如果这样的话，那我们试试用Ai如何？ Ai的话，不用伤害遗体就可以查明死因。”

Ai，是指死者医学影像诊断（Autopsy imaging）。是根据CT（电子计算机断层扫描）和MRI（核磁共振成像）来掌握遗体的情况和查明死因的方法。在日本，这种设备的普及率已经达到了世界平均水平的六倍以上，并不是什么罕见的东西。

“附近的千叶大学医学部附属医院就有Ai中心，费用也要比解剖低得多。”

“这确实是个不错的主意，但是Ai的费用是不在医保范围之内的，费用必须由警察或者家属来承担。况且这也相当于将遗体示众，恐怕也很难得到栗田夫妇的同意。而且即使拜托千叶大学进行影像诊断，这件事早晚也会被泄露出去。”

“不可以被别人知道吗？”

“如果被大宫东署知道了我们擅自给遗体做影像诊断的话，他们一定不会善罢甘休。而且最重要的是……”

古手川似是注意到了什么，话说到一半停下了。

“最重要的是什么？古手川警官？”

“没什么没什么，总之行不通。”

不可能没什么。

在说谎这件事上，看来还是自己更擅长，真琴想。

三人回到了法医学研究室，发现光崎也在。

“太慢了。”

光崎把不满写在了脸上，但是古手川却似乎已经习惯了他这副冷淡的样子，并没有一丝抱歉的样子。

“死者家属的解剖许可拿到了吗？”

听到光崎这样说，大家都感到有些吃惊。看来本属于县警搜查一课的古手川会来调查这次交通事故，光崎也是知道的。

“不行。”

“什么不行？”

“他们无法接受自己的女儿被解剖，更何况还是自费。总之是没戏。”

“然后你就灰溜溜地逃回来了？”

“这个嘛……”

“所以说你不管过了多久都没长进，一点儿没冤枉你。能不能多少学学你上司那股强势劲儿。”

“那种警察再多一个，教授您会高兴吗？”

“哼，是有点受不了，不过比起那些装腔作势的无能小人还是强得多。不说这个了，被害人的记录拿回来了吗？”

“拿回来了，这点小事无能小人还是能做到的。”

古手川从包里拿出一沓 A4 文件。就真琴目前了解到的情况来看，古手川并没有与大宫东署合作，所以这应该不是通过正规途径到手的资料。

不过，光崎一点儿也不在意，随意地翻看着文件。

这样一来就解释得通了。古手川之所以会参与到一起普通的交通事故中，就是受到了光崎的指示。

为什么光崎要这样做呢？

真琴想了一会儿，却毫无头绪。

“什么？负责这案子的检视官是乡田？能让他当上检视官，看来大宫东署是真的人手不足啊。就只有现场勘查报告还有尸体检验报告的复印件？亏你还大言不惭地说拿回来了，就拿回来了这两样东西？”

“您饶了我吧，教授。这两样还是我趁他们不注意偷偷拿去复印的呢。”

光崎完全没有理会古手川的哀号，一直盯着文件看。

突然他的目光停在了其中一页上。

“这个确定吗？”他指着这页的一处问古手川，“既往病史的记录。这个确认没有问题？”

“应该没有问题，这是大宫警署找来的最新记录，和当时就诊的医院的记录进行对照后也完全一致。”

“是吗？”

光崎合上文件，推给了古手川。

“如果是这样的话，那看来是非解剖不可了啊。”

3

“那必须得尽快说服死者家属，我开车带你们去。”

“你在说什么呢。”

“啊？”

“查明死者的死因，这难道不是天经地义的？而为了查明死因去劝说死者家属难道不应该是警察的任务吗？”

“那是我的任务吗？这可是归大宫东署管辖的。”

“那又如何？小子，你的意思是即便有尸体倒在了你的脚边，你也会因为这不是自己的负责区域而视而不见吗？作为一个公务员你的觉悟也太差了吧，作为警察更是毫无道德可言。”

被光崎如此当面数落，古手川竟半天说不出话来。

“怎么了，你有什么不满说出来我洗耳恭听。不过，如果不合理的话，我是不会听的。”

“那个，我也有自己负责的案子，也很忙的。”

“是吗？那确实是不容易。不过你忙一点儿也好，省得你闲下来不干好事。”

“你这说得也太过分了……”

“和你上司比可是差远了。当时我们这儿正为其他地方丢过来的案子忙得不可开交的时候，他竟然不打声招呼就把尸体搬过来，和他的乱来相比我这根本不算什么。”

也就是说，光崎也是认识到了自己很过分。

真琴虽然觉得古手川有点可怜，但是如果这时搅入这两人的对话对自己也没任何好处，只能沉默不语。凯茜也是，只是笑嘻嘻地看着两人拌嘴。

“您一直被我班长的乱来所强迫，所以这次就以牙还牙换我被您强迫吗？”

“你是听力有问题吗？还是年纪轻轻就得上老年痴呆了？我不是刚刚就说了，我这根本算不上什么。”

“我知道了，知道了。”

古手川举起双手深深地叹息。不用说，看样子是完全投降了。

“那我尽力说服他们。”

“你搞错了，不是尽力，是一定。”

光崎丢下这句话，离开了教室。

“我真是服了。”

古手川满脸怨恨地望着光崎离去的背影，又一次深深地叹了口气。

“我为什么要一直受到那个年代的不良影响啊。”

“那个，那古手川警官还是要去说服栗田夫妇吧？”

“应该是，貌似光崎教授是想锻炼我的沟通能力。”

“沟通能力？”

“之前我的领导也这么说过我，说我年轻，所以有些盲目鲁莽也是可以理解的，但还是要培养一些沟通能力。但是这完全不是一回事吧，去解决不可能实现的问题，这根本不叫锻炼沟通能力吧。”

这时凯茜也加入了这场本就混乱的对话。

“古手川警官，这是教授善意的建议哦。”

“建议？”

“你听说过‘玉不琢，不成器’这句话吧。”

“所以凯茜医生您为什么知道这些有的没的呢？看到别人正烦着不但不帮忙还……”

“还有‘好人有好报’这句谚语吧。”

“……这句话应该不是这么用的。”

抱怨归抱怨，但换句话说，正是因为被安排了有违本意的工作所以才发牢骚吧。真琴想自己听一听也没什么损失，于是更同情地点了点头，没想到古手川却瞪了过来。

“你是在同情我吗？还是在幸灾乐祸？”

“当然是在同情你了。”

“好的，我决定了。”

“决定什么了？”

“我决定让你和我一起去被害者家里。”

“啊？”

这应该就是所谓的祸从天降吧。真琴面对突如其来的要求，一时反应不过来。

“为什么？我为什么要去那种地方？”

“我只是一个搜查一课的刑警，而且这个地方也不属于我管辖。所以比起一个没有管辖权限的刑警只身前往，带上实际负责解剖的医生一起去会更有说服力吧。这里解剖医生只有凯茜和你，而凯茜医生是多么没眼力见我已经完全领教过了，所以用排除法，只能是你和我去。”

“Oh，不能和你一同前往真是遗憾啊。”

凯茜虽然这么说着，但却是完全没有表现出一丝遗憾。

“但不管怎么说，这场交涉都算是一场语言上的战斗，我一个外国人去肯定是不利的。去吧，真琴，一路顺风。”

“不是，怎么就一路顺风了？那个……”

真琴立马向后退，不过下一秒她的胳膊就被古手川抓住，整个人硬是被强行拽走了。

“我刚刚可是被你高高在上地同情了一番，不让你跟我去简直说不过去。”

“这叫什么道理。”

“你是光崎教授的部下对吧，所以在你决定跟随那个人的时候开始，就需要做好冒险的准备。”

最后，真琴还是像被绑架一样被拽到了便衣警车的副驾驶位上。

“我要叫警察！”

“哈哈，真是个有趣的玩笑。”

古手川完全不听真琴的抗议，把车开了出去。虽然说自己是被强行绑上车的，但来都来了，再反抗怕也是无济于事。真琴想了一会儿，慢慢地系好了安全带。

既然已经吃下了“毒”，那就把盘子也一并舔干净，这大概是一般人的做法。不过既然自己是从事医疗的人，怎么说也要先把这“毒”的来头搞清楚才行。

“那我同意和你一起去，虽然已经被你拉上了车……”

“太感谢了，能和你一起去我非常荣幸。”

“那个，能不能不要老说你、你的，我明明有名字。”

“那我应该怎么称呼你呢？”

“你觉得呢？”

“你既不是教授也不是副教授吧。”

“但是医生资格证我还是有的。”

“那我叫你真琴医生。”

“你就不能再尊敬一点？”

“我也是这么叫凯茜医生的。”

在大宫东署的时候看到古手川对篠田母女还挺温柔细心，真琴本来对古手川的印象有所改观了，不过现在看来真的是想多了，估计在这个男人的脑子里就没有温柔这个概念。

“那么我作为同行人，也需要掌握相关信息吧。”

“信息？”

“就是刚刚你给教授看过的栗田益美的记录。她有既往病史对吧，是什么病？”

“她在去年的春天患上了败血症。”

败血症。病原体会从体内感染处进入血液中，引发发热和低血压，如果深入脏器，就会引发呼吸衰竭和肾衰竭等多种脏器并发症。

“不过，她一直在服用抗生素，所以已经完全治愈，去年就出院了。”

“是发现得早吗？”

“应该是医院的医疗技术好吧。她是在浦和医大接受的治疗。”

这样一说就不稀奇了。放眼整个埼玉县，浦和医大拥有顶级的设备和医生。所以栗田益美去这里住过院也并没什么奇怪之处。

“我提前说好，我们这次去访问栗田家的事情不要告诉任何人啊。”

“这次的事是光崎教授要求的吧。”

“无可奉告。”

“为什么？”

“因为我就是被这样交代的……”

正说着，古手川突然一副“完蛋了”的表情。看来这个人是经常说漏嘴，估计他本性也是很单纯。

古手川瞪了一眼真琴。

“你在光崎教授面前好像一直都抬不起头。”

“你觉得在整个浦和医大有几个人能在光崎教授面前保持不卑不亢？”

真琴自己也思考过这个问题，在浦和医大除了津久场之外就再找不出第二个这样的人了。不说工作经验和年龄，就说光崎教授平日那旁若无人的言行举止，其他教授们对他也是敬而远之。

“你是被光崎教授抓到了什么把柄吗？”

“与其说是把柄，不如说是我欠他的。一直以来，光崎教授给了我很多宝贵的建议，有很多不能写在尸检报告上的内容也会说给我听。”

“什么叫不能写在尸检报告上的东西？”

“尸检报告中只能记录事实。不过光崎教授经常会把自己独特的判断和推理告诉我，比如说能够缩小的凶器范围、比起鉴定报告推测更精确的死亡时间以及嫌疑人可能的样貌等。”

“这不就是凯茜口中所说的美国的验尸官吗！”

“当然了，因为只是推测，所以无法记录到正式的文件中。但是这些建议也多次对搜查有所帮助，所以我的班长才会要求必须对光崎教授言听计从。”

“这样的话，岂不是特例成了惯例？”

“比如上次那个案子，你不是也参加解剖了吗。光崎教授让我看着尸体然后逐一说明要点。因为一边刺激我们的五感一边说明，虽然会感到恶心难受但印象会格外深刻。如果能够一直受这种训练，在现场勘查时会变得更加敏锐。这可比枯燥乏味的教科书有用得多。”

“但是那种程度的训练，你真的还想继续下去吗？”

古手川听到真琴的提问皱了皱眉。

“老实说，每一次都很痛苦，甚至会出现慢性的食欲缺乏。”

真琴虽然没说话，但也在心里默默表示赞同。虽说解剖和法医学的知识会有所长进，但伴随着的是那种浸入身体的独特的臭味。实际上，在那次解剖之后，真琴洗了两次澡，用了三次洗发露，才好不容易才让那种恶臭消去。

“不过，教授到底在想些什么呢？如此神神秘秘的……古手川警官，如果你知道的话，请告诉我。”

“我也不知道。”

他的语气很自然，听上去不像是在说谎。如果这是在说谎的话，那他的演技真的可圈可点。

“我去问过光崎教授的想法，但是他没有告诉我，甚至还警告说，如果我再这么纠缠不休地问下去，以后他就不接我们的解剖申请了。”

与监察医制度不同，法医学研究室进行的司法解剖其实算是一种志愿活动。在很多情况下，主导权都在大学一边，所以如果以事务繁忙为理由拒绝的话，警察这边也没法说什么。

案件的申请虽然很多，但是能够实际操刀的医生和配套设施都很少，再加上十分有限的预算，所以有的时候甚至会减少支付给医生的酬金。虽说查明死因是作为警察应有的正义，但是如果没法支付解剖费用的话，自然就会出现立场上的高低之分。

“我们班长十分信任光崎教授的解剖能力。换句话说，他看不上其他医生的解剖。所以可以说是完全被光崎教授吃死了。”

车开到了栗田家，真琴不由得紧张了起来。想起上次被害者家属的冷漠态度，简直就像是把他们当作了仇人，这次必须要做好万全的准备。

玄关还没有贴上居丧的纸，但是气氛却十分凝重沉闷。古手川毫不在意地走了进去。虽然对于警察来说，波澜不惊的心理状态应该是基本操作，但是这种职业素养还是让人不由得心生敬佩。

“你们怎么又来了？”

死者的父亲修平走了出来，他丝毫不掩饰脸上的不满，也没有打算让古手川和真琴进门。

“今天你们是为何而来呢？大宫东署已经联系我说调查书已经完成了，让我去领回益美的遗体。我们现在正要出门。”

也就是说，死亡诊断书已经完成了。只要将这个诊断书和死亡证明一起交到警察局，就可以拿到火化许可证了。

已经没有时间了，古手川一个大步来到修平面前。

“可以再稍微等一下吗？”

“等一下？”

“死亡证明规定是要在确认死亡后七天内提交，所以说还……”

“你的意思是要我把益美的遗体就这么放一周？在那么黑暗、凄凉的太平间里？”

“不是的，不必那么久，再等一天就可以了。”

“等这一天又会有什么改变呢？听好了，你是一个刑警，想必你也应该知道，这一天里益美的身体会变得更加僵硬，会变色，臭味也会加重，而入殓师处理起来也就会更麻烦。你说得轻巧，但有考虑过我们作为父母，想把女儿尽可能漂漂亮亮送走的心情吗？”

古手川无言以对，他无法反驳栗田修平这番作为父母的发言。

“我承认你是一个敬业的刑警，对于你来说查明死因或许是最重要的，但是这和我们家没有任何关系。我作为一个父亲只希望为女儿尽最后一点儿微薄之力。”

修平看上去十分疲惫，说完便瘫坐在了玄关的台阶上。

“你们二位看上去都很年轻，应该还不到三十岁吧。还没结婚吗？”

看到古手川和真琴都点了点头，修平的眼神闪烁了一下。

“如果没有结婚的话，自然是无法体会为人父母的心情，更别提一个早早就失去女儿的父亲的心情。”

一瞬间，真琴脑海中浮现出了自己父亲的面庞。他话不多，是个极为普通的父亲，她想，如果自己死了的话，父亲大概也会像修平这样不知所措吧。

“我……没什么特殊的才能，也没有什么崇高的理想，只是一个普普通通的公司职员，和一个我自认为相配的女人结婚组成了家庭。我马上就要退休了，这之后估计也就是靠着微不足道的退休金过日子。我就是这样一个平凡的人。不过，像我这样的人也有希望，也有期盼，那就是孩子。孩子身上有无穷的可能性，他们拥有我们作为父母想象不到的未来。从蹒跚学步的婴儿再到小学、初中、高中，每当迎来毕业典礼，我就无比激动。我经常会去预想益美将来会和什么样的人结婚，孩子会长什么样，会组建一个怎样的家庭？光是这些预想就让我觉得生活变得绚烂了起来。而这份绚烂的色彩却在半路被无情地扼杀，这种心情，你们能理解吗？”

“至少，我们知道益美在世时是幸福的。虽然作为父母的心情我无法体会到。”

“你说什么？”

“我的父母都是浑蛋。他们和您不一样，根本不在乎自己的孩子。我们家是典型的破裂家庭，三个人已经好长时间都没有一起吃过饭了。所以很抱歉，我无法体会作为父母的心情。”

听到这话，修平似乎也十分意外，他抬头看向古手川。

“即便如此，作为孩子的心情我还是可以理解的。也正是因为我从事这份工作，所以才更明白被害人遗憾的心情。”

“你是说你理解死去的人的心情？你一个活着的人怎么会理解？”

“看一看死者死去时的表情以及生前的房间，这个人想做的事、一直期待的事，这些其实都以一种有形的方式保存了下来。资格考试的书、喜欢的人的照片、关系亲密的朋友发来的邮件……栗田先生，这些东西中都饱含着死者的呼喊与倾诉。我虽然年纪不大，但是最近也渐渐能够听到这些声音了。我觉得还留有遗憾的人，即使是死了也是死不瞑目的。”

“你想说什么？”

“益美小姐一定也有遗憾吧。”

“这、这是当然，她马上就要结婚了，心里怎么能没有遗憾。”

“还有一点，她一定希望能够弄清楚自己的死因。”

古手川的视线一直停留在修平的脸上。

“虽然栗田先生您说无论死因是什么，益美小姐都无法起死回生，但那会不会只是遗属的感伤呢？我想她本人应该也想搞清楚自己究竟是因何而死。”

“不要说得你好像很了解她一样。”

“那么，栗田先生，我们先不说生死的问题。打个比方，如果您突然感到身体不适，您应该想查清原因吧？能不能治好先不论，您一定想知道身体到底是为何突然出现不适的吧？”

真琴在旁边听着二人的对话，对古手川的看法又一次出现了改观。他的话虽然粗糙，语气也并不柔和，但是能听得出其中的真诚，绝不是那种打官腔的客套话。

真琴不禁再一次感叹，古手川真的是一个不可思议的男人。他虽然粗糙无礼，但是对篠田母女却格外温柔细致；平时看上去吊儿郎当，但是关键时刻又显得十分真挚；有时觉得他目中无人，但是下一秒却看到他对待老人礼貌谦虚。简直就是身体里面藏有两个灵魂。

修平听后一脸怅然若失地看着古手川。

“所以结论是什么？如果你还是想说要将益美解剖的话，我绝不同意。我之前也说过了。我不希望益美的身体再受到任何伤害。如果只是为了弄清死因的话，这钱我也不会出。”

“您知道 Ai 吗？”

真琴有些怀疑自己的耳朵。

“Ai？”

“也就是死后医学影像诊断，借助 CT 或者 MRI 等医疗器械，不需要解剖就可以检查死者体内的情况。这样一来不需要伤害益美的身体就可以判断死因有无异常了。”

“可我听说 CT 扫描的费用高得离谱。”

“这笔钱我们会从搜查费中出。不过，如果查明死因并非内脏破裂等意外事故造成的损伤，那就必须要进行司法解剖了。”

“古手川，你……”

真琴急忙试图制止，但是却被古手川用手拦住了。

“Ai 中心在千叶县内就有，将遗体搬过去估计也只需要一个小时左右。对吧，医生？”

“是，是的。”

真琴突然被问到。千叶县内确实是有 Ai 中心，真琴只能点头。

“所以，入殓能等到做完 Ai 检测之后再进行吗？”

修平抱着胳膊思考了一会，终于抬头看向古手川。

“真的不会对身体有任何伤害？”

“只要死因没有查出异常。”

“我知道了，那我姑且相信你的话。”

“那我们现在去大宫东署。请您提前转告那边的人，说我们已经获得了死者家属的委托。”

“行。”

古手川鞠了一躬，和来的时候一样抓住真琴的手走出了玄关。

车子出发前，真琴似抗议一般斜视着古手川，而古手川却完全无视，踩下了油门。

“之前不是决定不用 Ai 了吗？”

古手川没有回答。

“而且你说这笔费用会从搜查费里面出？我可一点儿都没听说过。你即便是改变策略也应该提前告诉我一声啊！”

“没有改变策略。”

“啊？”

“从大宫东署那儿拿到遗体后立马送到法医学研究室。”

“古手川警官，那你刚刚所说的 Ai……”

“只要解剖之后发现异常，就有了解剖的正当理由。这样一来，不论做不做影像诊断都无所谓了。”

“我的天，你这是骗了栗田先生？如果光崎教授解剖后没有发现异常你打算怎么办？”

一阵沉默之后，古手川小声说道：“……我没想那么多。”

真琴惊得合不上嘴。

“光崎教授要求我一定把遗体送到浦和医大去。”

“你是想说只要把遗体搬过去了，之后不论发生什么都所谓了是吗？还是你认为如果真的发生了什么问题，光崎教授会自己承担责任？”

真琴用责怪的语气继续追问。而听到这话的古手川有些愤恨地看向真琴。

“不要这么说，也没有更好的办法能让她的父亲点头了。”

真琴再一次懊恼为什么之前会对他有所改观，自己真是个傻子。真琴又开始头疼起来。

“古手川警官，我现在非常认真地问你，也请你认真回答我。如果解剖之后没有发现任何异常的话，你到底打算怎么负这个责任？虽说是尸体，但是如果没有死者家属的许可就私自解剖的话，可是要被判为损坏尸体罪的！”

古手川握着方向盘，瘪着嘴看向前面。

“不只是骗了栗田一家的古手川警官，未征得家属同意就私自开刀的光崎教授也是同罪。虽、虽说那个教授有些粗鲁，但是像凯茜医生说的那样，他在海外极负盛名，如果这件事演变成为刑事案件被起诉的话，那势必会影响光崎教授的声誉。古手川警官您还是觉得无所谓吗？还是说你明明知道会这样，才说出刚才的那些话？”

“我吧，真琴医生……”

“怎么？”

“按我上司的话来说，我是那种典型的性情中人，总之就是不够谨慎。而也正因为不够谨慎，所以没有看人的眼光，经常会看错人。而且每当这种时候就会感情用事，视野也会变得狭隘，看不清全局。以我这种头脑来说，恐怕是不适合做刑警的。”

古手川的语气淡淡的，像是在说别人的事情。听他上司这番对他的评价，的确很中肯，会令人不禁想拍腿叫好。然而，冷静地接受了这种评价的古手川也颇耐人寻味。

“大概也是因为这个，所以一旦我认定一个人是值得信任的，就会百分百信任他，而光崎教授就给我这样的感觉。”

“那又怎么样？”

“教授仅仅是在法医学研究室扫了一眼栗田益美的记录，就说无论如何都必须要解剖。我就想既然教授这样说，那他一定是有什么依据。”

“……你是仅凭这一点就完全相信了吗？”

“相信一个人的理由这一点就够了吧？”

这句话，大概是古手川无意之中说出来的。

但是却戳中了真琴的心。

4

二人来到大宫东署取走栗田益美遗体的时候，对接的多田井对他们盘问不休。他表现出一副由于事前就接到了修平的电话所以也没法过多干涉的样子，但真琴还是明显感觉到了他的怀疑。

既然已经受到了怀疑，那就更不宜久留。所以古手川他们匆匆应付了多田井后，便借了运送遗体的小货车，载着遗体立马返回了浦和医大。

虽说内心也有欺骗死者家属和大宫东署的愧疚，但是比起这个，更多的是一种被追击的紧迫感。

顺理成章成了古手川共犯的真琴，此刻也感到坐立不安，在副驾驶座上一个劲儿地通过后视镜确认后方的情况。

“真琴医生，你一直在往后看什么呢？”

“我担心会有人从后面追过来。”

“应该不会有人敢追警车吧，你这么担心啊？”

“这不是当然的吗！”

“要不我们把车上的警笛打开吧，那样就不会有人追过来了。”

“别开玩笑！古手川警官，你的心里就没有一丝丝的愧疚与不安吗？”

“我也不能说没有，不过就这么把遗体搬运车停在路边也没用啊。”

目光短浅加鲁莽轻率，或许这个男人真的不适合做刑警。

就在真琴还一个劲儿地后怕的时候，遗体搬运车已经到达了浦和医大。因为已经提前联系了凯茜，所以益美的遗体直接被搬到了法医学研究室。

闯入者便是在真琴他们刚刚回到法医学研究室时出现的。

“请问县警本部的古手川刑警在吗？”

这个男人虽然语气礼貌，但是眉宇间却透露着一丝危险。在研究室为解剖做准备的古手川举起了手。

“我就是。”

“我是大宫体育馆附近发生的那起交通事故的验尸负责人，我叫乡田。”

原来这就是被光崎嫌弃的那个叫作乡田的检视官。

他留着短发，细长的脸颊，眼睛略微有些斜视，嘴唇很薄。从他的长相就能窥探出他有些神经质的性格。

“遗体本应该是由死者家属取走的，为什么会被送到法医学研究室呢？请您告诉我答案。”

真琴一瞬间感到心脏都快停止跳动了。

已经暴露了吗？

不知道是不是注意到了真琴紧张的表情，乡田向真琴走过来。

“我听说领取遗体的时候还有一位浦和医大的工作人员在场，是你吗？到底为什么会发生这种事？”

正在真琴不知如何回答之际，有个人挡到了自己的面前。

是古手川。

“她就只是个旁观者……”

“那你回答吧，马上就要送到火葬场的遗体到底为什么会出现在这里？”

“不是……我是认为当作交通事故送检之前，还是要确认一下会比较好。”

“这起事故是归大宫东署负责的，为什么你们本部的人会牵扯进来？”

“我好歹也是本部的，所以也没什么不可以参与的吧。”

“你是对我的验尸结论有什么不满吗？”

乡田一直紧紧地盯着古手川。

“还是说对我的验尸有不满呢？”

“怎么会呢，完全没有的事……”

“将已经检查完的遗体搬到法医学研究室，是故意找碴儿、复仇，还是说不信任我呢？”

“您说笑了，我虽然和您同属本部，但还是第一次见面，我主要是和光崎教授……”

古手川说到一半连忙闭上了嘴，而乡田的表情更僵硬了。

“实在是抱歉，我没有光崎教授技术高名气大。不过，既然如此，那我只能用正式文件来让你认识一下了。”

“文件？”

“我要向你的上司抗议，你是哪个部门的？”

“搜查一课。”

“搜一？不是交通部啊，那你的上司是谁？”

“渡濑警部。”

听到这个回答，乡田整个人都怔住了。

“搜一的渡濑……所以说这是渡濑警部的指示吗？”

下一秒乡田的语气更加紧张了。

“渡濑警部对检查报告有疑问，是这个意思吧？他的逮捕率之高我也不是不知道，但即便如此，这种行为还是对我们检视官职责的蔑视。我要直接向他抗议。”

“啊，不是的，这件事渡濑警部完全不知情。”

“你说什么？”

“不仅仅是渡濑警部，和县警本部也没有关系。”

“所以这是你自己私自决定的？”

一瞬间，古手川说不出话来，但很快他的表情似乎是下定了什么决心。

他不会是打算把这件事情自己扛下来吧？真琴想要插嘴，这时门却不知被谁打开了。

“这个小子可没有敢私自决定的胆量。不过，做事不计后果的毛病他倒确实有。”

乡田背后传来声音，是光崎。

“光崎教授。”

“对不住了，乡田，是我要求把这具遗体搬过来的。”

“为、为什么教授要这么做？大宫东署发来法医鉴定申请了吗？还是说收到了死者家属特别的委托？”

“都没有。”

光崎说得十分平淡，乡田却一瞬间吓得目瞪口呆。

“……教授，您看过我写的尸体检视报告了？”

“看过了。”

“大宫东署交通科将这起车祸认定为意外事故，您知道吗？”

“我也知道。”

“那为什么……”

“没必要说出来。”

“请您告诉我！”

“好，那我就告诉你。因为我看到了你的鉴定报告中有多处漏洞。”

光崎的话音刚落，乡田的脸色骤变，刚刚尽力维持的最后一点礼貌也荡然无存了。

“这是对我的侮辱！”

“你太夸张了。这并不是什么侮辱，只是见解不同而已。检视和解剖，一个是仅凭尸体表面去判断，另一个是解剖之后去看身体内部，这当然就有云泥之别。”

“遗体的大腿附近表皮脱落，还有腹部的皮下出血的二次损伤，这明显是与车撞击后产生的直接伤害。”

不论是什么车型，车辆的前端都有保险杠。而人体与之发生撞击时，也首先是与保险杠相撞造成损伤。

“然后还发现了因被撞到路面而出现的挫伤这一三次损伤。右臂肘部和头后部都因擦伤而出现了表皮脱落。”

“还有什么其他的吗？”

“腹部隆起，这是内脏破裂的表现。而且根据肇事者的证言，被害者确实与车辆发生了正面撞击。交通事故的所有特征都具备，完全没有解剖的必要。”

“是当场死亡吗？”

“事故发生后，肇事者马上下车查看死者，当时已无心跳。三分钟后，救援人员赶到后，也确认了当场死亡！”

乡田再也抑制不住怒火站起来大吼，看上去在拼命维护自己一直以来积累的资历和尊严。这与泰然自若的光崎形成了鲜明对比。

“乡田，你到目前为止验过几具尸体？”

“不下二百具，怎么了？”

“只有二百？”

“教授您经验如此丰富，我自然是不能相比。您就像是活着的传说一样。”

“我不会拿自己和你比，不过，你这个数量真的是不上不下啊。”

“您这是什么意思？”

“不论是法医还是检视官都是一样。在初期的时候都会怀有紧张感，也会有很多遗漏之处，但能把注意力集中在死者身上。而一旦渐渐习惯了，知识和经验不断积累，注意力却会变得分散。人们都说经验可以弥补注意力的不集中，这是大错特错。”

“经验……有什么不对？”

“就像每个人都有自己的个性，尸体也是一样，拿着。”

光崎递过来一件衣服。

乡田展开一看，原来是一件解剖服。

“把它换上。”

“我吗？”

“无论我费多少口舌你都不会信，不如让你亲眼看看更好。”

乡田又一次呆住了。这是自然，光崎不仅批评他有失误，还要当场证明给他看。

“你，你到底还想怎么侮辱我！”

“要我说多少次你才能明白，这不是侮辱，只是一场实战课而已。还是说你认为在我这里什么也学不到？按你刚刚说到的那些经验论，那你在娘胎的时候我就已经开始解剖尸体了。而且你作为检视官也没什么能亲眼看到解剖现场的机会吧？”

说到经验，乡田无法反驳，只能充满愤恨地站在一旁。

光崎不以为意地开口道：“事情就看怎么理解，如果解剖之后，证明警医的看法是正确的，那个时候你怎么贬低我这个老头儿都随你便。”

于是乡田也临时参加了这次解剖。这样一来，解剖室里就有光崎、凯茜、真琴和乡田四个人。还剩一个古手川，他被光崎要求在解剖室前把风。尽管古手川又被差使了一回，但是他却因为不用亲自参与这次解剖而松了口气。

而就在刚刚还极力反抗的乡田，如今也沉默着进了解剖室。

啊，不对。

还有在解剖台平躺着的益美的遗体。尸体散发出的恶臭让人不由得闭紧了嘴。

光崎是最后一个进来的。看到光崎的乡田显得有些震惊，让开了路。

穿着解剖服的光崎和平常判若两人。他那威风凛凛的走姿以及飒爽的体态，简直年轻了二十岁。

“那么，解剖现在开始。死者为二十多岁的女性，略肥胖。身体表面有几处擦伤和跌伤。腹部有明显肿胀。为了确认是否为内脏破裂导致的死亡，首先进行开腹。”

光崎将益美的腹部以“Y”字形切开后，丝毫没有犹豫地打开了胸部。

“肋骨剪。”

只见光崎十分麻利地将肋骨切除，不一会儿内脏便裸露了出来，到这一步只用了不到一分钟。乡田看着操作如此迅速的光崎，不由得瞪大了眼睛。

“四根肋骨折断，肝脏和脾脏都有外伤，皮肤上还有汽车保险杠的痕迹，可以推断这是与汽车激烈相撞导致的。”

腹腔内堆积着发黑的血液。这部分出血应该是脏器的外伤所致。而也正是因为这里有出血的堆积，所以才会认为腹部肿胀是内脏破裂导致的。

“从表面看的确是内脏破裂导致的死亡。但是还有一个疑问。”

光崎指着胸腔内的积血。

“内脏破裂导致的当场死亡，出血量应该更多，虽然也存在个体差异，但是与器官的受伤程度相比，目前的出血量明显过少。”

“但是教授，腹部都因为出血鼓起来了。”

乡田焦急地插话：“这就是个体差异吧。这个程度的出血已经具有导致死亡的可能性了。”

“可能性是靠不住的。”

“什么？”

“仅凭可能性去草草了事的话，死者会死不瞑目。”

“但是腹部出现肿胀是事实。”

“根据资料计算，死者的 BMI[①] 指数为 25，肥胖度为 2，但是四肢并无太多脂肪，所以可以推断出脂肪主要是集中在腹部。也就是说，腹部肿胀可能是死者本身体形就是如此，即人们常说的幼儿体形。凯茜医生，我们接下来准备开颅。”

凯茜和真琴急忙准备开颅的工具。

“开颅？为什么连头都要……”

“别说话，看着就行了。我这个老头子是不是没事找事，你一会儿就知道了。”

通常情况下，开颅手术需要先将头发剃光，在裸露出来的头皮上做了记号之后才可以进行。

但是光崎却一上来就把手术刀插进了头皮。

手术刀稳稳地从耳朵划向额头，划出一道完美的直线。那是就像是用尺子比着画出来的一样，纯粹而美丽的直线。乡田看得有些痴了。

凯茜将切开的皮肤用头皮夹钳夹起来，头盖骨就这么清晰地裸露出来。以光滑的头盖骨为顶点，有三道密合的缝。

“接下来是开窗，史塞克。[②]”

“是。”

凯茜将一把电锯交给光崎。光崎将往复式锯刃的前端紧贴着一个

① 身体质量指数。

② 美国医疗器械知名品牌。

地方，然后打开了开关。

像在风中划过一样，“咻”的一声，锯刃在头盖骨上划出了一道线，一如既往行云流水般的操作。真琴不由得屏住呼吸。即使是非常熟练的脑外科医生做这些操作都需要五到十分钟，然而光崎仅用了三分钟就全部搞定了。

乡田不由自主地将身子前倾，目不转睛地凝视着光崎的手法，就像是弟子偷看名师的技法一样，看得入迷。

也许是因为自己的解剖经验不足，在真琴眼里开颅手术要比开腹手术难得多。因为大脑是支配伦理、感情、思考和记忆的部位。脑，就意味着人格和智力。把头盖骨打开就相当于在窥探一个人的精神世界一样。

皮肤、脏器、肌肉、脂肪、血管。人体的所有部位都已经被人类探明，唯有大脑还存在着未知的领域。这是一个所有学者携手合作都无法攻克的神圣领域。

然而现在，光崎的手术刀正在试图进入这片神圣的领域。

终于，头盖骨被切断了，光崎钳住一边将骨瓣取出。由于技术高超，甚至都没有听到骨瓣被取下的声音。

露在外面的是包裹整个大脑的硬脑膜。就如名字一样，它是一层结实的膜，如果不将其切断就无法到达脑髓。不过，脑髓是极为柔软的组织，仅用 200 毫升水柱的压力就可能将其毁坏。而脑髓一旦被毁坏，解剖就失去了意义。

但是光崎的手指就似精密仪器一般，精确地将硬膜切开。这个强弱适宜的力度划过了头骨。切开的位置没有流血，这也证明了光崎的手术刀切入的深度完美地控制在硬脑膜的底层。

硬膜切开后，覆盖着蛛网膜和软脑膜的颅脑表面裸露出来。

光崎的手停下了。

“看。”

凯茜、真琴和乡田的视线都集中到那一点。

乡田不由得“啊”了一声，似是悟到了什么。

头盖骨中有瘀血堆积 。

“正如你们看到的，颅脑并没有损伤。但是这里却有如此多的出血，乡田，你认为是怎么回事呢？”

“……是蛛网膜下腔出血吗？”

“应该是这样，所以我在手术前采取了脑脊髓液。”

腰椎穿刺是用穿刺针从腰椎棘突间隙插入脊椎管，再从中采集脑脊髓液的方法。脑脊髓液中若混有血液，便可证实患者蛛网膜下腔出血。

真琴此时才终于明白光崎不用 Ai 的理由。轻微的蛛网膜下出血在经过几日后，出血就会被吸收，所以仅凭 CT 完全无法辨别。

“但是蛛网膜下腔出血也并非唯一的直接致死原因。”

光崎一边说一边谨慎地将软脑膜拨开，紧接着出现的就是脑动脉。它出现了部分坏死，也导致了出血。

一旦出现脑梗死，血栓堆积的部位就会慢慢坏死，三四个小时过后就会有大量血液流入，所以是坏死的部位导致的出血。

原来如此，尽管死者被行驶过来的汽车撞飞，出现了内脏破裂，但这很可能是出现在脑内出血之后。脏器的损伤程度相对来说并不高于这一点，也可以验证这个可能性。

乡田像一个被指出错误的学生一样畏畏缩缩。

“在被车撞之前，被害者可能已经丧失了意识，然后就在无意识的情况下冲入了车道，所以说这并不是交通事故致死而是病死。”

这样说完，光崎望向真琴和凯茜。

“那我们开始进行颅骨和腹部的缝合。”

光崎的话音刚落，乡田突然抬起头来。

“教授，我有个不情之请。请问尸检报告能交给我来完成吗？”

“不行。我自己做的手术就要自己报告，我不喜欢别人给我擦屁股。”

被这样彻底拒绝后，这次乡田就像枯萎的花一样垂下了头。

“……那，至少让我提交解剖申请吧。虽然说解剖已经结束了，但这样的话解剖费用也可以由大宫东署来承担。”

“那真是帮了大忙，我就恭敬不如从命了。”

从那之后，在光崎完成缝合之前，乡田完全没有要离开解剖室的意思，一直注视着光崎的手指。

真琴想，这可真是一个对工作充满热忱的人啊。即便是被人当面指出了错误，也仍然不放过任何一个学习的机会。这样的人一定会进步。即便一时停滞，也很快会找到正确的方向。

“解剖结束。”

终于，缝合结束了，而光崎却没有丝毫疲惫之态。他转身离开解剖台，站在了乡田面前。

“我说过你到目前为止验过的二百具尸体微不足道对吧。”

“不要说了，教授，我已经十分羞愧了。”

“再验一百具。”

“啊？”

“再验一百具尸体，你就不会出现这样的失误了。”

光崎说完拍了拍乡田的肩膀。

“不要感到自卑。我在年轻的时候不知道失败了多少回。而之所以被原谅了，也只是因为对方是无法倾诉不满的尸体罢了。”

这话虽然有些不中听，但是却意外地未显傲慢。

乡田被这话打动，深深地朝光崎鞠了一躬。

“医生，谢谢您！”

听到止沙这样感谢自己，真琴感到非常羞愧。毕竟把篠田家从困境中解救出来的并不是自己。

在大宫东署交通科的楼梯上，听到这段对话的多田井脸色非常难看。

虽然篠田仍有过失致人死亡的嫌疑，但是根据解剖结果最终决定不起诉。因为即便起诉，死者在撞过来时就已经失去了意识，公审时也可能会被驳回。而将篠田雄作拘禁起来的大宫东署估计也会更丢人。

“胜诉机会只有一半，所以估计也不会起诉吧。”

古手川这样一说，站在止沙旁边的真纪一个劲儿地鞠躬道谢。

“真的不知道该怎么感谢您。”

“啊，你们最应该感谢的是死者的家属们。虽然是事后，但是多亏了他们的同意才能进行司法解剖。”

实际上，在听说真琴他们没有使用 Ai，而是直接进行了司法解剖的时候，修平愤怒到了极点。这也是自然，明明是相信古手川和真琴才把女儿的遗体交给他们，但是送回来的时候，女儿的遗体上却已经出现了解剖缝合的痕迹。

不过在听了古手川的解释后修平收起了怒气。他说，知道益美出车祸之前就已经失去了意识，这对他们来说是一种安慰。而且他也感谢真琴他们，多亏了他们自己才没有因为之前错误的判断冤枉了篠田。

真琴也想过光崎的专横和古手川的鲁莽会导致怎样的后果，但幸好，结果是好的。

不，更重要的是真琴自己的改变。

在此之前真琴一直认为法医学是一门专门为了死人而存在的学问。从凯茜的立场来说，它就是一门对犯罪搜查有帮助的学问。所以说不管凯茜和自己说了多少次“希波克拉底的誓言”，真琴始终无法从心底里认同。

但是，现在不同了。

法医学也可以拯救活着的人。篠田一家、栗田夫妇，包括益美本人也是，如果光崎教授没有进行解剖的话，他们就会因莫须有的罪名、莫名的理由而痛苦。

这时，真琴突然想到了一个问题。

“古手川警官。”

“怎么啦？”

“光崎教授到底为什么从一开始就要插手栗田益美这个案子呢？你来大宫东署也是教授的指示吧。”

“啊……这个嘛……”

又是这样不清不楚的回答。

“所以到底为什么？”

“我也不知道教授的目的。”

古手川摆出一副困惑的表情为自己辩解。

“教授只是告诉我，病死也好、意外死亡也好、他杀也好，什么都可以，如果在管辖范围内出现了被害人有既往病史的案子一定要告诉他。”

“有既往病史的遗体……教授为什么要说这话呢？”

“我也问过。不过这次他立刻就回答我了。”

“教授说什么？”

“他和我说，你不用知道。”

第三章　法医与法医学者

1

十一月三十日，东京都大田区平和岛竞艇赛场。

这是日本 TOTOR 杯开赛的第一天，但是来观看比赛的观众并不多，一半的座位都是空的。这几年，赛马比赛成功吸引了大量的女性观众，上座率也有明显增加。而与之相比，赛艇比赛的上座率则是惨不忍睹。尽管如此，还是有少数热忱的粉丝到场，使得场内弥漫着一种安静的紧张感。

举办平和岛竞艇赛的这片水域是从横跨平和岛以及大森海岸的运河中引过来的，所以还可以闻到潮水特有的气息。虽然说东京湾的海浪没有直接打入，但是由于四周环绕着高大的建筑，遇到强风天，再加上楼间风，水面会变得波澜起伏。但是今天没有风，水面异常平静。

在裁判发令后，六艘快艇都离开了停靠的码头，进入等待区，接下来选手们就要根据规则开始选择航道了。除了新人选择外圈路线是不成文的规定，有些擅长从外围冲刺的选手为了能够从更远的距离开始加速，所以有时也会故意选择远离出发点的赛道。

由于赛艇采用的是抢跑的起跑方式，在发令前的十秒左右，所有的赛艇都要向起跑线加速。观众席一侧中央的水面立着一个大型钟表，所有选手需在钟表的时针从 0 指向 1 的这一秒内通过起跑线。

赛艇是木制的，底部有一个台阶，所以船体更容易漂浮起来，这是为了提高赛艇速度而专门设计的。除此之外，选手们也都为了减轻整体重量而努力减肥。总而言之，更轻、更快，就是赛艇比赛追求的全部。

所以选手们佩戴的头盔也需要具有相对的安全性，参赛的六位选手都佩戴着与自己赛艇旗帜颜色一样的头盔。头盔从过去的半覆盖式改为了全覆盖式，为了确保不遮挡视线，将脸部位置留出了更大的空间。这种头盔重量轻，且材料结实。不过和摩托车头盔一样，一旦出现了裂缝，那么将会完全丧失保护性。

很快，六艘赛艇都正对着出发线，即将开始争夺赛道。

“……六号赛道是六号艇山本宪吾选手，截至目前保持了所有三连单纪录，第二场取得七分，四比二拉开了比分。第五轮比赛的位置分别是一号、二号、三号、四号、五号、六号。”

然后六艘赛艇一齐越过了出发线。

“比赛开始，我们可以看到从外侧的五号赛道出发的是赛艇界的巨星，五号选手玉村腾广，他正全力加速，逐渐接近第一回旋处。一号赛艇的笠原直也选手正试图从内侧突击，五号赛艇的玉村腾广也正在全速前进。而外圈的六号选手山本宪吾，以及内圈的三号、四号赛艇也在试图转弯，但前方却被五号艇的玉村腾广选手堵住。在第二梯队的是一号艇的笠原直也和三号艇的兼吉壮，然后是二号和六号。内圈赛道是三号艇的兼吉壮选手，外侧赛道是六号艇的山本宪吾，而二号艇的真山慎司选手从二者中间穿过，从第二个标志开始大转弯。起跑没有人违规。”

距离出发线一百五十米处的水面上漂浮着两个涂有红色和白色荧光颜料的回旋标志。选手们都在争先恐后地抢夺距离回旋标志最近的位置。

赛艇在比赛时，速度可达到每小时八十千米以上。由于艇体很轻，飞速行驶的竞艇就像是在尚未铺好的马路上疾驰的翻斗车，会受到非常强烈的冲击。选手们需要在这巨大的冲撞下，一边与两侧似墙壁一般的封闭感带来的恐惧对抗，一边奋力操纵快艇。

“三号艇追上来了！正在和同在外侧的一号艇以及二号艇互相追赶，试图转弯！”

就是在这个时候。

赛艇场内所有的人都吓得睁大了眼睛。

插着黑色旗子的二号艇整体向外侧倾斜偏离了赛道，像是被一股巨大的力量牵引着一般，朝防波堤方向冲了过去。

“二号艇，啊啊危险、危险！要撞上了，撞上了！二号艇的真山慎司选手撞上了围栏！”

船体撞击破碎的巨大声音甚至淹没了观众的叫喊声。

在赛艇撞上防波堤的那一瞬间，身着黑色比赛服的选手整个人被甩出快艇，头部猛地撞向了水泥墙，与此同时赛艇的前端也发出了清脆的破裂声。

紧接着，选手坠入了水中。

观众席遍地哀号，场内一片混乱。

“事故！发生了意外事故！二号艇严重损坏！二号艇遭到了严重损坏！”

浮在水面上的选手，一动也不动。

不一会儿，他头部周围的水渐渐被染成红色了。

“打扰了……欸？”

走进法医学研究室的古手川看到真琴和凯茜后，露出一脸失望的表情。

“光崎教授呢？”

对于古手川的这个问法，凯茜似是已经听惯了。她用手理了理自己凌乱的红头发，回答道：“教授还在上课。预计还有十五分钟结束。”

“十五分钟吗？”

“如果听讲的学生脑袋不够灵光的话，还可能再延长五分钟。”

“饶了我吧。明明是光崎教授自己叫我赶紧过来的。”

“既然你已经来了，不就 OK 了吗？反正光凭这点就不会挨教授骂的。”

如果是不清楚情况的人可能会想，这是什么居高临下的语气，不过，对于了解情况的人来说，就很容易理解了。总之，这个法医学研究室的主人，就是那个认为天上地下唯我独尊、天天穿着白大褂的人物。估计在他眼里，只要是自己下达了指令，所有人就都必须听命于他。

“……所以说，我必须得在这里等着是吗？可是我也挺忙的。”

“我认为在这里耐心等待才是明智的选择。”

真琴看着长吁短叹的古手川，突然觉得有点儿同情他。

“古手川警官，您这次是为什么被叫过来的？”

“和之前一样，还是给光崎教授报告有既往病史的案子。这次是有支气管炎，不过，这次的案子不在我的管辖范围内。”

确实，古手川两周前有说过，光崎命令他只要是管辖范围内出现有既往病史的遗体就必须一一报告。

“不在管辖范围内？”

“虽然死者的家庭住址在川口市，但事故是发生在东京都内。”

“是什么事故？”

“就是那个，昨天新闻上播了的，在平和岛竞艇赛场发生的选手相撞事故。”

古手川说到这儿，真琴想起来了，脑海里立马浮现出了那天的新闻转播。

真琴看到的是已经经过编辑的视频。但事故发生时，比赛正在电视上进行现场直播，据说当时的观众都目睹了赛艇选手撞上防波堤的全过程。

摄影师的专业素养在那一瞬间被发挥得淋漓尽致。镜头不仅准确聚焦在了绕过回旋标后偏离赛道的2号赛艇上，甚至在激烈撞击的瞬间还拉近了镜头放大了撞击的场面。

当时真山慎司的身体被整个甩了出去，就那样直直地撞在了水泥墙壁上，身体发生了无法用语言形容的扭曲变形，最后与飞散的赛艇碎片一同坠入了水中。

由于比赛直播正值用餐时间，据说有好多观众看到这一幕，一下子把嘴里的东西吐了出来。直播中捕捉到事故瞬间的情况少之又少，而且还是如此具有历史性的影像资料，一定是禁止重播的。不过很快就有好事之人在网上发布了该视频的片段，所以有很多人都看过了。

“我也在新闻上看到了这个消息。”

凯茜说这话时表情中充满了好奇。这位外国副教授只要一谈到尸体损伤的话题，就容易变得得意忘形。

“真的是被撞得支离破碎啊。”

“嗯。我也是第一次知道。原来赛艇是用木头做的。重量是七十五公斤左右。马达是排量四百毫升的直列二缸，最大功率可以达到每分钟转六千六百回，三十二马力。这么一个庞然大物以每小时八十千米的速度撞向水泥墙的话，那毫无疑问会被撞得粉碎。”

“不是，我说的不是快艇，是那位选手。以那个角度撞上去，应该是颅脑损伤吧。”

古手川嗞地吸了口气，整个人僵了一会儿。

“你怎么了，古手川警官？”

“没事……正如医生您所说，的确是颅脑损伤导致的当场死亡。救护车赶到现场时已经确认没有生命体征了。”

“比赛中发生事故的情况常见吗？”

“致死的严重事故倒是不多见，不过赛艇之间的擦碰事故还是挺多的。其实，与其说是擦碰，更多的是跟在后面的快艇想要超过前面的快艇时导致的选手受伤。不过，在如此危险的环境中使出浑身解数激烈比拼，受伤也是在所难免的。”

“存在非意外事故的可能性吗？例如赛艇被动了手脚之类的？”

“这个案子是归大森署警方负责，现在他们已经展开搜查，但是赛艇已经被撞成那个样子，要回收沉入水中的碎片也需要一定时间。不过马达的部分没有发现被动过手脚。竞技类赛艇的马达都是装在艇体外部，这个马达也是比赛场准备的统一规格的马达，并不是从外边随便拿进来的，而且也没有检测出任何质量问题。”

也就是说，赛艇本身不存在任何问题。

“而且，也没有找到真山被谋杀或者想要自杀的理由。”

古手川来这里之前似乎就已经做好了一系列的调查，他的说明十分流畅。

真琴对他的回答感到饶有兴趣。

“古手川警官，也就是说死者既没有遭到别人忌恨，本人也没有什么烦恼，生活非常幸福顺遂？”

“那倒也不是，我只是说死者的收入既没有高到要遭人忌恨，也没有穷困潦倒到只能自杀的地步。”

“你的意思是说，收入的多少也能成为关系人生死的理由吗？”

“虽说也存在情杀之类的情况，但是大部分的原因还是钱的问题。换句话说，钱是大多数纷争的导火索。再说明白点，绝大多数的爱恨情仇都可以因钱而消失，又或是恶化升级。”

多么现实的回答啊。但这也归咎于他特殊的工作性质，任谁一年到头地追捕凶犯，大概都会变得如此吧。

“另外，我也是听了解赛艇的前辈说的……似乎这些运动员普遍工资都很高？”

如果是经常出现在电视上的运动员的话，收入一定都不错，而且他们为了保持健康，使身体维持最佳状态，也是需要一些资金投入的。真琴点点头表示赞同。

“此外，我还听说像这种公营博彩类竞技运动员收入尤其多。一场最低也是1000万日元，多的甚至能达到1亿日元，平均下来也是1700万日元左右。而且这一领域也没有战绩不好就得退役这一说，所以运动员的职业生涯很长。当然这也不是谁都能胜任的工作，不过平均来说，他们的收入要比普通的公司职员高得多。而赛艇选手也是有等级之分的，死者真山慎司是从上数第三个等级B1级，但年收入也能够达到2000多万日元。所以在行内既不会因收入过高而遭人嫉妒，也不会因为生活拮据而自杀。”

听到年收入两千万日元，真琴不自觉地和自己比较了一下。

“真的是越听越羡慕啊。”古手川无法掩饰内心的想法。

“除了奖金之外，赛艇选手还有其他的收入来源。首先不论比赛最终的排名如何，所有参赛选手都会获得参赛报酬，而且选手职业生涯积累到一定年限的话，还会有退休金和年金。这笔钱可比我们这些地方公务员多得多。”

能获得奖金的选手也不过是所有选手中的一小部分，而要成为这一小部分的选手则需要长年累月的残酷训练。这样一想倒也没有什么可不平衡的，但真琴还是感觉到了这个世界的参差。

“不过，怎么说也是竞技体育，所以或多或少还是会因为排名的上下或是奖金的多少而遭人忌恨吧。”

“嗯，也不能断定完全没有这种可能，但是至少就目前来看，还没有发现这种情况。而且如果真有这种情况，警方应该早就展开调查了。”

距离事故发生已经过去一天了，目前还没有找到可能存在杀人动机的嫌疑人，可见这样的人不多。

“死者的夫妻关系是否不和？”

“死者今年三十八岁，结婚六年，妻子比他小十岁，还有个五岁的儿子。据说他特别疼爱妻儿，当然也没有婚外情的迹象。大森署说当时死者的妻子看到遗体时悲痛欲绝，那场面简直让人不忍心看。”

“古手川警官，也就是说死者既没有金钱上的纠纷也没有人际关系上的问题。按当时的视频看，就只是一场意外事故，是这样吗？”

“嗯。”

“遗体已经解剖了吗？”

“因为是在东京都内发生的事故，所以是东京都监察医务院的医生解剖的。”

由于东京都内有监察医[①]制度，所以即便不存在犯罪性，只要是死因不明的遗体都需要进行尸检或是解剖。这笔费用是由国家来承担的，一年大约是 11 亿日元。听说那里十分缺医生，即便算上不在编人员，也依旧人手不足。但就预算来看，比起地方宽绰得多，地方警察应该是羡慕得不得了，毕竟他们本就预算紧张，还需要额外拨出一部分用于解剖。

“既然没有疑点，而且监察医也已经解剖过了，为什么教授还这么感兴趣呢？”

对于真琴这一无心之问，古手川显得很不高兴。

“这别问我，得问光崎教授。我也是稀里糊涂地听命办事罢了。”

不过这到底是该说光崎教授那唯我独尊的态度过于强势，还是该说古手川过于顺从呢？

就在这时门开了，说曹操曹操就到。

---

① 为法医的一种。日本司法机关根据案件的性质不同，把法医尸体解剖分为司法解剖、行政解剖、承诺解剖三大类。监察医负责其中的行政解剖。

“我就觉得这声音耳熟，果然是你。你把这儿当成什么地方了？这可是神圣的研究室，容不得你在这儿大声喊叫。”

光崎狠狠地瞪了古手川一眼。

古手川明明是按吩咐把东西带到了，但却被训斥了一番。真琴猜想他会不会当场表达对光崎的不满，但古手川还是努力压制住了自己的怒火。

“不好意思，教授，我刚刚声音太大了。但是这两个人一直对我刨根问底，我也就只能一一作答了。”

“不要再拐着弯地推卸责任了。你心里打的什么算盘我一清二楚，想跟我耍心眼你还嫩着呢。”

光崎的语气很是敷衍，一副和古手川对话降低了自己的身份的语气。

“拜托，教授，我还有我自己要负责的案子。”

“你这套说辞我都听烦了，我不成材的学生编的借口都比你有水平。你还不如他们吗？”

古手川有苦说不出，垂着肩膀表示放弃。虽说这个场面真琴已经看了很多次了，但还是忍不住同情他。

“行政解剖已经完成了吧？”

“是的，昨天就做完了。”

“我让你拿的东西呢？”

“……我带来了，调查资料。不过因为还处于调查初期，所以只有些粗略的记载。”

古手川边说边把材料递给光崎。光崎也没说声谢，立马把材料摊到桌子上读了起来。

“什么情况？我还以为你只是客气一下，没想到真的如此粗略。”

“虽说是非正常死亡，但是事故的原因和发生时的情况都很明确，所以搜查的内容也比杀人案少得多。”

“警方就是按这种说法放过了一件又一件犯罪。你知道过去有多少被当成意外事故处理的犯罪案件吗？如果说警察发现了的有几件的话，那么实际上就有十倍、百倍的案子因为被警察忽略而永远被埋葬在黑暗之中。”

光崎一边看着材料一边抱怨。真琴不由得想，光崎的口中，到底能否说出一句表扬或是肯定别人的话呢？

古手川对着没有做出任何反应的老教授滔滔不绝地描述着事件发生的经过。光崎看似心不在焉，实际上一句都没有落下。他的耳朵和眼睛能够分别做到两种事情的能力完全不逊色于现在能一边听音乐一边玩游戏的年轻人。

“所以说，就目前的情况来看，真山慎司完全不存在被他杀的理由，所以大森署早早地就判定为意外事故了。”

“我对他们是如何判断的毫无兴趣，管他是意外事件还是什么事故。”

光崎话说得干脆。古手川也一如既往地只能一个劲儿地叹息。不知道如果这个案子的负责人在场的话，会做何反应。

“既然说案发现场是在平和岛，那么应该是由监察医进行解剖吧？”

“说实话，人家警视厅不论是预算还是人才都相当充足，真是让人羡慕啊。”

“充足？别说梦话了。钱和人都远远不够。”

“但是教授……”

“你知道东京都内每天会发生多少起非正常死亡吗？去年报验数就达到了14000多具，但是进行解剖的却只有2300具，还不到总数的二成。这个数字哪里充足了？你还说人才，那里有人才吗？所有人都算上也没几个有用的医生。”

和这些轻蔑的话语一起抛过来的还有尸检报告和解剖报告的复印件。

真琴也是第一次有机会看到监察医做的解剖报告，所以出于好奇便伸手拿起翻看起来。真琴突然感觉到凯茜从背后投来的窥视目光。

监察医的名字叫剑池达见，真琴完全没有听说过这个人。

“这笔迹还真是够狂野啊。”

凯茜漫不经心地评价道。

“不看这纸的话还以为是初中生写的字呢。”

真琴也是同感。不过医生的诊断书和报告书大多字迹潦草。一开始真琴以为是为了避免患者本人得知自己的病情，但现在看来似乎并不是这样，因为连提交给公共机关的材料都写得如此难以辨认。

但是，剑池的字格外糟糕。单看他的字完全看不出他是个知识分子。不对，这字甚至让人不想看下去。

“拙劣的不仅是字，还有内容。”

听了光崎的话，真琴开始仔细地阅读报告的内容。但是她找不到其中的不足或是奇怪的点。即便是和事故的情况对照来看，也是简洁地记录了案件事实。

“教授，您说这个内容拙劣，具体是体现在哪里呢？”

光崎并没有回答而是转向古手川。

“尸体现在在哪儿？”

“昨天很晚才结束解剖，所以我想现在应该已经交还给家属了。”

“去验尸。”

“啊？”

“去确认一下尸体是否真的像尸体检查报告中写的那样。”

“但是这也太突然了吧。”

“我突然想到所以突然告诉你。有什么问题？”

“但我又不是验尸官，我不会检查尸体啊。”

“我又没让你一个人去。这不是有两个会的人嘛。”

听到这话，凯茜兴奋地跃跃欲试，而真琴则显得十分抵触。

真琴试探性地询问道：“您刚刚说让我们进行尸检，但是也不能在家属面前开腹吧？”

第 1 号格式（第 4 条关系）

尸体检验报告书

死者的住址	[illegible]
姓名	[illegible]
职业 / 性别 / 出生年月日	[illegible]
国籍	[illegible]
尸检日期 / 时刻	[illegible]
尸检地点	[illegible]
死亡地点	[illegible]
死亡日期 / 时刻	[illegible]
死亡原因	[illegible]
死亡类别	[illegible]

尸检结果

1. 全身所见 [illegible]

[illegible]

2. 尸体有异常以及损伤时，其部位及程度

是否需要解剖	[illegible]

报告内容如上。

平成 [illegible] 年 [illegible] 月 [illegible] 日　东京都监察医生 姓名 [illegible]　印章

（日本工业规格 A 列 4 号）

第 4 号格式（第 6 条关系）

解 剖 报 告 书

住址			
姓名		1 男 2 女	出生年月：昭和 年 月 日（若出生 30 日以内死亡，则填写出生时刻 上午/下午 时 分）
死亡时刻	平成 7 年 4 月 26 日 上午/下午 1 时 分		
死亡地点及类别	死亡类别	1.医院 2.诊所 3.老人保健机构 4.助产机构 5.养老院 6.私宅 7.其他	
	死亡地点	区 街道 门牌号 号	
	死亡类别设施名称		
死亡原因	I （1）直接死因		发病（发作）或从受伤开始到死亡的时间
	（2）（1）的原因		
	（3）（2）的原因		
	（4）（3）的原因		
	II 与直接死因无关，但影响 I 栏中伤病过程的伤病名称		
	手术 1.无 2.有	手术年月日	年 月 日
	解剖（主要状况）		
死亡种类	1.病死及自然死亡 外因死亡、意外死亡 {2.交通事故 3.跌倒/跌落死亡 4.溺水死亡 5.因烟雾、火灾以及火焰导致的外伤致死 6.窒息 7.中毒 8.其他} 其他原因不明的死亡 {9.自杀 10.他杀 11.其他及原因不明的外因致死} 12.死亡原因不详		
外因死亡的追加事项	受害时刻：年 月 日 上午/下午 时 分	受害地点	都道府县 市县 区街道
	受害发生地的类别：1.住宅 2.工厂及建筑工地 3.道路 4.其他		
	手段及状况		
出生未满 1 年死亡的追加事项	出生时的体重 kg	单胎/多胎 1 单胎 2.多胎（ 胎中的第 胎）	妊娠周数 第 周
	妊娠/分娩时母体有无病状或异样 1.无 2.有（ ） 3.不详	母亲的出生年月 年 月 日	上一次的妊娠结果 出生胎儿 人 死胎 胎（仅限妊娠满22周）
其他需特殊阐明事项			

以上为报告内容。

检验年月日平成 7 年 4 月 26 日

报告日期（死因确认）年月日平成 7 年 4 月 26 日

（住址）

（姓名） 印

社会福祉保监局局长

（日本工业规格 A 列 4 号）

“应该不需要开腹。如果发现什么异常的话，再说服家属进行二次解剖。”

“光崎教授，您至少得告诉我个原因或依据啊！我再怎么不济好歹也是个警察吧。”

“你这个年纪就已经不济了吗？别说废话。”

“总之既没有明确的理由，也不属于我的管辖范围之内，而且监察医已经进行过一次解剖了，您再叫我们去验尸，这既不符合道理而且也是越权行为啊。”

“那我就明白告诉你。这个叫剑池的监察医简直无可救药了。我对他不只是愤怒，作为同样从事解剖的人，我甚至替他感到羞愧。自然，由这位监察医参与的调查也极有可能出现错误，甚至完全偏离正确方向。”

说完这话，光崎瞪着古手川。

“不管是不是在你的管辖范围，看到这案子变成这样你能坐视不管吗？像你这样没有职业素养的警察，我今后不会再与你们合作！”

面对光崎的诘问，古手川毫无招架之力。

2

三人驾车前往真山慎司家。真琴一直在考虑如何向家属申请再次解剖而焦灼不安，而凯茜却恰好相反，脸上始终带着笑意。

古手川通过后视镜看到凯茜的样子，感到非常不可思议。

“为什么凯茜医生看起来如此兴奋呢？”

“当然兴奋了！这次行动可是教授的私人指示啊。”

真琴完全不能理解。

“这有什么可开心的？”

“从行动目的上来说，比起组织命令，当然是顶头上司命令得更加清晰啦。”

“但这要建立在这位上司值得尊敬且判断无误的基础上。”

“真琴，教授迄今为止有判断失误的时候吗？至少在你来到研究室以来没有吧。”

“……但是他既顽固又不肯听取别人的建议。”

“既然是领导，我认为有点攻击性是很好的。”

就真琴的观察来看，凯茜的语言感觉有一点微妙地扭曲。对于她的一些想法，真琴无法赞同。如果光崎这种只是“有点攻击性”的话，那欧洲的足球流氓也可以说成只是“有点顽皮的粉丝”了。

“教授的命令很有一贯性的，而且是基于一种坚定的信念。所以说对于教授提出的要求，我才会不假思索地照做。但是如果这是个组织的命令的话，会怎么样呢。比如说古手川警官？”

“怎么了？”

“你的组织绝对不允许出错误吧。”

后视镜中映出的古手川的面庞，似乎十分苦涩。

“……说实话，我们这儿也有县警牵扯在内出现冤假错案的情况，所以不能说不会犯错。即便是上司个人的指示也是如此吧？只不过是我们不知道罢了。或许他们之前也犯过错，又或者说不定未来什么时候就会犯错。”

“但是，你的上司是那种犯了错会视而不见或者试图隐藏的人吗？”

“不是……那倒没有。”

古手川带着讥讽的意味笑了笑。

“他会发怒说‘浑蛋，弄错了’，然后立即尽全力去改正自己的错误。”

“但是，大多数的组织并不会去承认自己的错误，反而是试图去转嫁责任。总之，绝不会自己承担责任。所以我一直对组织派下来的任务有一种恐惧感。如果这个命令是错的，那么到底谁会去负责？由于这个错误产生的危害及损失又由谁来补偿？这些全都无从得知。所以在这一点上，按照光崎教授的命令行事，让我感到十分安心。而且教授也不是那种自私自利的人。”

真琴对凯茜如此地信任光崎感到不可思议。

“你怎么敢肯定他不是一个自私自利的人呢？每个人或多或少都会有些利己的想法吧。”

“我跟在教授手下工作已经两年了。当然教授也有自我的部分，但这仅限于学术方面。他只追求真相，非常讨厌说谎和敷衍。所以他才会将那些仅凭着官衔职称就沾沾自喜，或是那种夸大自己能力的人视为敌人。”

凯茜是一个完全靠理性在思考的人。也正因如此，才不会对尸体这种东西产生情绪上的波动或是恐惧。估计这种理性正是光崎所需要的。

“那还是我刚从哥伦比亚医科大学来到这边留学的时候。当时我突然要来见光崎这个解剖领域的顶级人物，所以还特意准备了哥伦比亚医大教授的介绍信。谁知光崎教授甚至都没有打开那封信，只是点点头对我的能力表示了肯定，然后就决定让我跟他学习了。花了好大力气才拿到的介绍信就那样被扔进了垃圾箱，但是我完全不觉得亏。”

“你还真是信任教授啊。”

“那真琴你呢？”

“啊？”

“你认为教授是个不可信的人吗？”

真琴想了一会儿，回答道：“不，我相信他。”

刚来到这个法医学研究室的时候，真琴眼中的光崎就是一个不讲道理且偏激的人。但是随着近距离了解他的为人和秉性之后，真琴对他的印象发生了巨大的改变。不过，自己和光崎之间横亘着价值观上的巨大差异，所以她现在仍然不太敢接近光崎。

“话说回来，凯茜医生。刚刚的尸检报告书，光崎教授到底哪里不满意呢？”

真琴听着古手川的提问，其实自己也想知道。虽然刚刚光崎没有回答真琴，但是凯茜在背后瞄到检查报告时，看神情似乎有所悟。

“可能是我看惯了光崎教授做的尸检报告书，与教授的相比，这份报告书简直太廉价了。”

“廉价？”

“该怎么说呢，不细致，而且本来应该填写的内容全都是空白。虽然说这些地方也不是必填项，但是就凭有这么多空白，就给人一种廉价之感。”

这么说来，先不论字迹潦草，就说那份报告的内容也是过于少了。而且，即便是死因简单，该记录的地方也是不能省略的，但这份报告书本来应该有记录的地方也全是空白。

“具体来说，表中的检案特征一栏我就感觉很奇怪。如果是光崎教授来做的话，这一栏会详细记录尸体表面的情况，并会对有异常的地方加以解释说明，然后以此为依据去判断是否有必要进行解剖。”

“但是，死因是颅脑损伤吧，如果是这样的话，有异常的部位不就应该只有头部吗？”

“你好好想想，身体从时速八十千米的赛艇上被甩出，头部先受到撞击，自然会有最严重的损伤，但是其他部位会完好无损吗？在身体被完全甩出去的那一刻，就会产生巨大的离心力，受到撞击时，这种冲击会传递到身体的各个部位。身体表面自是不必说，脏器等器官也肯定会受到一定程度的影响。”

“也就是说，这个监察医在偷工减料？”

“要么是他该记录的地方没有记录，要么就是完全没有注意到应该记录的地方。总之，只有看过尸体才能知道答案，所以教授才会要求我们来进行尸检。”

真山的家在南浦和，圆正寺附近。这周围以寺庙为中心建起了很多的住宅区，静谧和喧嚣融为一体。

而充斥在真山家里的是死一般的寂静。

古手川在玄关处说明来意后，真山慎司的妻子真山公美显得有些惊讶。一个小男孩躲在公美的身后注视着古手川一行人，这是真山慎司的儿子圭太。

“为什么埼玉县的警官会来这儿……而且还带着医生？”

“她们是医生没错，不过不是普通的医生，是浦和医大法医学研究室的人。”

“法医学研究室？为什么……”

古手川使劲把身体往前探，公美出于无奈只能让三个人进了屋。

“和上次一样，凯茜医生，涉及敏感话题的时候你不要插嘴啊。”

古手川不忘小声提醒。凯茜也没有感到不快，痛快地答应了。

公美在带领真琴他们进屋时，圭太一直拽着母亲的衣角，跟在身边寸步不离。

“自从知道了他爸爸的事情后，他就一直这样。”

我去另一个房间陪着圭太吧——真琴这样想着，刚向圭太伸出手，察觉到她意向的圭太立刻躲到了母亲身后。

走进客厅，真琴看到了放在那里的白色棺材。

“真山太太，如果可以的话，能让孩子先去别的屋子待会儿吗？关于您丈夫的案子，我们有些话想和您说。”

对于古手川的提议，公美沉默着点了点头，把圭太带到了另一个房间。

客厅里就剩下真琴他们三个人。真琴坐在那里，感觉白色棺材渗透着一种异样的感觉。

那里面是一具头部遭受重创的尸体。

这样一想，真琴心里就更不舒服了。虽说已经看惯了尸体，但是在人们日常生活的空间里，尸体的存在还是让人感觉不适。

真琴想，自己作为一名法医学研究者，显然还不够成熟。看看凯茜，完全没有任何异样，如果光崎也在场的话，他应该会面不改色地把棺材盖打开吧。光崎和凯茜似乎都把身边有尸体当成了一种常态。

真琴一抬头，看到墙上的软木板上密密麻麻地贴着一家人的照片。每一张照片中圭太都在最中间，看得出家庭关系应该很和睦。

过了一会儿，公美回来了。

“不好意思，久等了。孩子不想一个人待着……”

公美垂下头，视线落在了地板上。“意志消沉”这个词形容的就是她现在的状态吧。在公美身上完全感受不到生机和活力，仿佛是一具行尸走肉，随时都会倒下。

“您的儿子很爱他的爸爸吧。”

听到古手川的询问，公美低声回答“是的”，那声音轻得几乎听不到。

“对于圭太来说，爸爸就像是英雄。周末有比赛的转播，他都会在电视前拼命地喊加油。”

听到这里，真琴不禁打了个寒战。

那么，事故发生的时候，圭太也在看比赛吗？如果是这样的话，那圭太岂不是目睹了父亲发生事故死亡的一瞬间。

“我当时也坐在电视机前……但是那一瞬间我吓傻了，所以没能冷静地去关掉电视，或是去挡住圭太的眼睛……圭太完完整整地看到了他爸爸死亡的场面，自那之后就一直这个样子，好像丧失了感情的起伏，片刻都不想离开我的身边。等丈夫的葬礼办完，我打算带他去看医生。”

真琴首先怀疑是不是PTSD（创伤后应激障碍）。不管怎么说圭太只是个五岁的孩子，看到父亲突然撞向了防波堤的场面，是无法保持平静的。

“你们知道赛艇选手平时的生活是怎样的吗？”

“不知道。”

“名义上说是为了防止比赛期间有作弊行为，所以除了紧急情况之外不允许出竞艇场半步，也不允许和外部联系，连打电话什么的都不可以，所以丈夫只有在没有比赛的时候才能回家。而这期间也必须保持体力，维持体重，所以我几乎没看到丈夫在家好好休息过。”

“您说的维持体重是指节食吗？”

“差不多吧。仅仅吃一些蛋白粉和蔬菜沙拉，都是些低卡路里的东西……但是维持体重的同时还不允许体力下降，所以他的饭一直都是单独准备。我在旁边看着都替他感到辛苦。丈夫明明自己在减肥，却还要我和圭太多吃有营养的饭菜。他训练的空档期都要去健身房锻炼，除此之外还要赶去下一场比赛的场地维修发动机。”

“选手还需要自己维修发动机吗？”

“赛艇场的发动机都是通过抽签分配的。每部发动机的性能都不一样，有时就需要拆解、更换零件，或者是调整齿轮的咬合，当然试驾也是必不可少的，所以说他们根本没有休息日。”

年收入 2000 万日元。想到自己之前还将他们的收入与自己的对比，认为这是一份光鲜亮丽的工作，真琴顿时感到十分羞愧。收入高并不是因为他们幸运，而是因为他们付出了相应的辛苦和钻研。

“即便是每天锻炼，随着年龄的增长，身体也会自然发胖。我丈夫已经过了三十五岁了，所以不论再怎么控制饮食体重也降不下来。而对于赛艇来说，肥胖是最大的敌人。丈夫为了减重甚至还尝试过桑拿减肥，但即便如此，饮食上也不能放松。所以丈夫脸颊消瘦了不少，身体也越来越虚弱，每天就那么摇摇晃晃地往返于健身房和桑拿房……大家应该经常听说拳击选手节食吧，其实赛艇选手也是这样。”

真琴一边听一边在脑海中浮现出了虽恐惧衰老，但是仍然坚持不言放弃的专业运动员的伟岸形象。

“丈夫是 B1 等级的选手，他一直以来的目标都是升为 A 等级，因为那样就可以参加更大型的比赛，而且每个月的工作天数也会增加。虽然都说赛艇运动员的运动生涯长，但一旦过了三十八岁，身体也会渐渐老化衰弱，变得无法比赛。即便如此，丈夫认为圭太一直在看着自己奋战，一直在以自己为榜样，所以他一直都拼尽全力。‘我除了赛艇一无所有’，‘我只有在驾驶快艇的时候才能感受到活着的意义’，他一直把这些话挂在嘴边。这样的一个人，怎么会因为那种小失误偏离了赛道……简直……”

突然，公美捂住了脸。

“我，我认为我的丈夫不会出现这种失误，一定是出了什么差错！”

公美肆无忌惮地大哭起来。刚才在真琴他们面前一直努力保持平静，大概是实在撑不住了吧。

真琴不禁想靠近安慰她，但是却被古手川制止了。

古手川用眼神告诉真琴“让她哭吧”。是让她全都哭出来，然后才能渐渐冷静下来吗？真琴照做了。

公美还在哭泣。这时，圭太从里屋跑出来，伏在公美的背上。

“妈妈，妈妈！”

这场面让人不忍直视。真琴强忍住想离开的念头，等待公美平静下来。

终于，公美停止了哭泣。

“实在不好意思……我一直都尽量控制自己的情绪不在孩子面前哭……”

“没关系。”

“但是，我是真的无法接受。丈夫已经从事赛艇将近二十年，可以说是个老手了，怎么会犯那种新手才会犯的错误呢！拜托你们查一查那艘快艇还有它的发动机，一定是有人做了手脚。”

古手川不知该如何回答。即便是想调查，物证也全都在大森署手里握着。如果是埼玉县警本部的管辖范围还好说，但是这案子归东京都警视厅管，自己完全无法插手。

“既然您认为是有人做了手脚，那您知道平时有谁会忌恨您的丈夫吗？”

“这个……倒没有。”

刚刚还兴奋地以为有什么新线索的古手川在听到公美的回答后，脸上写满了沮丧。

“即便是对比赛的结果有不满，选手们也都不会辱骂对方。我也和一起比赛的其他选手见过面，丈夫看起来和每个人都相处得很好。”

“不好意思，请问您的丈夫有买人身保险吗？”

公美下意识地紧紧盯着古手川。

“死亡保险的受益人是我。你是在怀疑我吗？”

“只不过是流程上的询问而已。因为受益人也有可能是家人之外的人。”

“因为这份工作存在生命危险，所以丈夫自己提出来买的保险。死亡时会得到五千万日元的赔偿。买的时候圭太才刚刚出生。”

也就是说这份保险是五年前买的。保险的金额也在合理范围之内。如果仅凭这个就判断公美有杀夫之嫌，恐怕过于草率。

真琴开始尝试自己推理。按照公美所说，快艇和其中的发动机都不允许带出竞艇场，如果真的有人对快艇动了手脚，那么犯罪嫌疑人一定是和比赛相关的人员。

想到这儿，真琴不由得愣了一下。

我这是在干什么？自从和古手川还有凯茜一起行动之后，自己满脑子想的都是找出凶手。

古手川是刑警，抓犯人是他的工作。凯茜的志愿是回国后成为一名验尸官，所以对搜查有兴趣是理所应当。

但是自己可是要成为医生的人啊。又不是私人侦探，即便是参与犯罪搜查又有什么好处呢？

真琴正觉得别扭，公美对于古手川的询问感到不满，开始抱怨起来。

“原来警察真的一点儿不为我们死者家属考虑啊。”

古手川无言以对。

“事故发生的时候是下午一点半。但是我收到大森署联络的时候已经是下午六点多了。他们打来电话让我确认死者是不是我丈夫。那里应该是叫太平间吧，当时我被带到一个特别黑的屋子里，终于在那儿见到了我的丈夫。过、过去了那么长时间，伤口还是没有修复。”

公美大概是回忆起了当时的情景，她强忍呜咽沉默了下来。

“……我真的庆幸当时把圭太交给了别人看管。那是他父亲，如果让圭太看到那个样子的话，他会伤心一辈子的。刑警当时也只是走了个形式，让我填了几个文件之后，就向我说明了遗体交接和埋葬事宜。他们就只是和我说这个材料在那边领取，这个申请是在派出所办等，非常地公式化。”

在警察看来，处理遗体不过是例行公事。尤其是警视厅，如果加上每天在街边因病暴毙的人，一天就要接收好多具尸体。一旦这些工作都流于形式的话，势必会忽略死者家属的感受。

“更过分的是，今天早上警方通知我们说解剖已经结束，遗体马上就会送回来。结果送回来的遗体竟然没有做任何的修复处理。当时让我进行尸体确认的时候还处于搜查阶段，没有修复还情有可原。但是这都解剖完了还没……”

公美开始啜泣。

“他们仅仅擦了擦尸体表面的血，把头部的伤口用绷带缠起来了而已。丈夫以那么大的力量撞上墙，整个脸都被撞得变形，完全看不出生前的样子了。这笔费用我也会支付的，至少也应该把面部修复一下吧。”

遗体修复，即防腐处理，这在欧美已经成为惯例，但是在日本还没有推行开来。虽说也有公费修复的情况，但是只有埼玉县和北海道有这种规定，且仅限于接受了司法解剖的遗体。而且说是修复，其实也就仅仅是遗体的清洁和化妆，根本不会像欧美那样将尸体修复到似生前一样的状态。如果家属希望死者走得面容安详，就只能拜托殡仪馆的入殓师帮忙修整一下。

终于要说到今天三人来这儿的目的了，古手川探出了身子。

“真山太太，我们今天就是为这个事来的。能否请您再让我们看一下遗体？”

“啊？”

“大森署似乎要将其认定为意外事故，但是我们不这么想。所以我带来了两位法医学研究室的医生。”

果然交涉还是讲究技巧的。既然公美也认为这不是一场意外，那么这时提出再次调查的话，她定是不会拒绝的。

不出所料，公美接受了古手川的提议。她虚弱地站起来，带他们来到了棺材前。

“二位医生，拜托了。”

真琴和凯茜听到古手川的话后，戴着橡胶手套向棺材走去。

打开棺材盖子之后，一股强烈的防腐剂味和比之更甚的腐臭味一下子冲进鼻腔。真琴和凯茜双手合掌向遗体致敬后，便开始了检查。

就如公美所说，遗体头部有被绷带包扎过。二人为了不给遗体造成二次损伤，所以开始小心翼翼地解开绷带。

终于死者的头部完全裸露了出来，那样子真的惨不忍睹。

头顶已经完全破碎，没有一处完好的皮肤，头皮上也凝固着大量的积血，从中还能窥见伤口的裂痕。伤口裂开处甚至涌出了脑浆，内部已经完全变形，脑髓都看得一清二楚。将其定义为颅脑损伤已经是非常含蓄的说法了，实际上头盖骨的一部分都已经完全没了。

在专心检查的过程中，真琴发现了一个问题。

头部并没有切开和缝合的痕迹。

怎么会有这么荒唐的事情呢?

真琴想着，于是急忙再次从破损处找到头后部，然而还是没有这类痕迹。

真琴和凯茜对视了一下。凯茜看起来也觉得事情非常蹊跷，朝真琴摇了摇头。从背后注视着二人操作的古手川也是同样的反应。

真琴不禁看向公美。

“这确定是您丈夫的遗体吧？”

“是的。”

一瞬间疑惑涌上心头。

“真琴，接下来我们来确认一下腹部。”

在获得了公美的同意之后，二人将遗体的衣物脱下，上半身裸露了出来。遗体身上有不计其数的擦伤和跌打伤的痕迹，但是都没有出血。

真琴的疑虑更大了。上半身也完全没有找到手术刀解剖过的痕迹。

怀疑和困惑让真琴感到大脑一片混沌。明明解剖了，怎么可能会没有缝合痕迹呢？

尸体本身又没有自愈能力，就算缝合技术再怎么高超，也不可能不留下一丝痕迹啊。而且刚刚也确认过这确实是大森署刚刚交过来的真山慎司的遗体。

如果这样的话，那就只有一种可能。

监察医压根儿就没有解剖。

从古手川和凯茜脸上的惊愕和怀疑中可以看出，他们应该也得出了同样的结论。

但是，怎么会这样？

在三人都内心动摇的时候，古手川首先镇定了下来。

“真山太太，能先将您丈夫的遗体交给我们保管吗？”

“但是……”

“您也不太满意大森署的搜查吧。如果就这么搁置的话，您丈夫的死就会被作为意外事故处理，这也无所谓吗？”

公美虽表现出了一丝犹豫，但是很快被古手川的话说服，最终同意他们将遗体运走。

“我们还有一个请求。如果大森署问起什么的话，能请您为我们保密吗？”

“可以是可以……你们那边有什么不方便让人知道的？”

“不，不方便的是他们。”

终于，古手川叫来的搬运尸体的车到了。真琴他们将真山慎司的遗体从棺材中移出放入了车内。

“棺材就留在这儿吧。万一其他人来了，就请您装作遗体还在棺材里。”

古手川叮嘱完公美之后就跳上了搬运车。

搬运车在驶向法医学研究室的这一路上，三人都紧锁眉头。

光崎抽到的牌一直以来都是王牌。但这次不仅是王牌，甚至可以和鬼牌相匹敌。

对手可是东京都监察医务院。

3

“这也太过分了。”

古手川自言自语地念叨。

“解剖都没有做就敢写解剖报告，真不知道是怎么想的！”

真琴还是第一次看到古手川发这么大的火，所以饶有趣味地看着他的侧脸。

“怎、怎么了？”

“只是觉得新鲜罢了。古手川警官也会这么生气啊。”

“该生气的时候当然会生气了。你到底把我想成什么人了？”

“嗯，因为你一直都是很无所谓的感觉，所以想着警察内部出现什么不正当行为的时候，你也应该是满不在乎。”

“喂！”

这时，后座的凯茜也加入了对话。

“好了，你们两个人先别打情骂俏了。”

“谁打情骂俏了！”

二人异口同声地反驳，这让凯茜多少感到有些好笑。

“Sorry，不过，我认为古手川警官生气也是有道理的。再怎么说这也是工作上的失职。”

真琴回想到一开始查看真山尸体的时候。虽然身体上有明显的擦伤和跌伤痕迹，但是完全没有手术刀的痕迹。

“但是，为什么没解剖还要写解剖报告呢？”

“一定是因为那个。”

“哪个？”

“觉得麻烦呗。”

“怎么会。”

“我之前就听说过。在监察医务院工作的并不都是全勤医生，里面也有一些私人诊所的外包医生。这些人本来自己的工作就很忙，监察医务院的工作就成了很大的负担。而且这个案子的死因一目了然，面部重创、头盖骨凹陷、脑浆都流出来了，完全没有解剖的必要。”

“就凭这个理由？”

“让人生气的都是这种不痛不痒的理由，正因为如此才更让人愤怒。”

真琴脑海中突然回响起了光崎的声音。

“你还说人才，那里有人才吗？所有人都算上也没几个有用的医生。”

“这个叫剑池的监察医简直无可救药了。我对他不只是愤怒，作为同样从事解剖的人，我甚至替他感到羞愧。”

所以说光崎是仅仅看了一眼报告就发现问题了吗？如果真是这样，这位老教授的经验和知识可真是让人佩服。

“但是，如果在我们法医学研究室再次进行解剖的话，这位叫作剑池的监察医岂不是处境不妙。”

“何止，这根本就是渎职的行为。我虽然不知道目前为止他取得了多少的成绩，但是仅凭这个他就会信誉扫地。”

“那我们浦和医大一定会被忌恨的。”

“那他就是曲解了我们的好意，我们管他的呢。”

“古手川警官当然是无所谓，但是我们这边会很难办啊。”

不管是正当理由还是误会，遭人忌恨肯定都不是什么好事。况且对方还是监察医，在解剖医生这个领域里也算是同行了。

医学界似大实小，法医学领域更是如此。正因为圈子很小，所以将来很有可能会相遇合作。和自己同一个圈子的人结怨，说不定何时就会被报复……

想到这里，真琴吓了一跳。

怎么会这样？自己不知不觉竟然开始以法医学人士自居了。就在不久之前，自己还想着一定要成为一名临床医生呢。

“怪不得光崎教授会生气。”

古手川并不知道真琴内心的动摇，继续说。

“他替这个剑池医生感到羞愧也是情理之中。”

“什么意思？”

“你想，光崎教授对死人和活人都是一个态度吧。”

“也就是说在光崎教授眼中，剑池做的事情等同于对需要做手术的患者弃之不顾，所以他才会如此生气。”

原来如此，那位老教授会这么想也不奇怪。真琴有点佩服古手川的观察力。

“古手川警官还真是了解光崎教授啊。”

“毕竟认识的时间也长了嘛。”

“那为什么教授还一直冲你发火呢？”

“我哪知道！”

“好了好了，教授对古手川警官说的那些话，估计也就是图一乐。”

“我是光崎教授的玩具吗？”

“还有，真琴，你也不必过于担心那个剑池监察医。”

“为什么？这个人做的事完全是渎职行为，这个责任……”

“这个你很快就会知道。而现在还有一个更重要的事情等着我们。”

“解剖尸体，是吗？”

“不是，我刚刚尝试了好多次，一直没联系上光崎教授。”

“啊？”

真琴震惊地转过身去，凯茜便摇摇自己的手机给她看。

“一直都是不在服务区。”

“那、那我们……”

“是的，即便是去了法医学研究室，也必须等光崎教授到才行。而且我们也没有向教授说明解剖的必要，我和真琴也不能代办手续。”

“有点儿麻烦啊。”

古手川紧锁眉头。

“出什么事了，古手川警官？”

“没什么，希望是我杞人忧天了。我只是觉得如果解剖之前被大森署知道了，事情会有点儿难办。”

“为什么呢？”

“为什么？！拜托，凯茜医生，这话虽然我不想说，但是你们要知道警察的地盘意识还是非常强的。如果让他们知道了我插手了平和岛的案件，而且还把遗体搬到了法医学研究室，早晚会被警视厅处分的。”

“古手川警官这么害怕吗？”

“我怎么说也是个公务员啊。”

“这倒有点意外，我还以为古手川警官是个天不怕地不怕的搜查员呢。我之前听别人提过几次，据说你的上司也并不把条条框框放在眼里？”

“能别把我和他扯到一起吗？啊，不过，光崎教授也真是的，给我塞了这么个大麻烦，自己却不知道跑到哪儿去了。”

“这也是没办法的事情。”

凯茜开始开导古手川。

“光崎教授可是比你想象的还要厉害的人，越是大人物越忙嘛。”

“那，我也是大人物。”

“是吗？可我怎么觉得你每次都是跟在别人屁股后面跑呢？”

真琴三人到达浦和医大后，急忙把遗体从车上搬下来，移到法医学研究室。在这期间，凯茜还是一直不停地给光崎打电话，但是一直没有联系上。

“一直没人接。”

“如果说教授在大学里的话，应该很快就能赶到。”

“我刚刚确认了光崎教授今天的安排，接下来应该没有什么课。”

“那，光崎教授……”

“我估计应该没有出学校，大概是在和谁见面吧。教授和别人说话时，从来不接电话。”

“真是够了，他以为他是谁啊。”

古手川的不满展露无遗。即便是尸体在这儿，没有主刀医生也什么都做不了。他们能做的只有等光崎赶到。

真琴又想起了自己一开始的那个疑问。

“古手川警官，在知道真山慎司没有被解剖之后，你立马就向真山太太申请再次调查了吧。”

“对啊，没有解剖过的话，当然要进行解剖了。”

古手川理所当然地说。

“就只因为这个？你难道不是对真山慎司的死有什么其他的推论或是假说，才要求解剖的吗？而且还是与意外事故死亡不一样的假说。”

“这个嘛，假说倒是有，不过这也得做了解剖才知道啊。”

“什么样的假说？”

“真山慎司已经做了二十年左右的竞艇运动员，当时又是正式比赛，怎么会出现偏离赛道这种失误？所以我认为，那一瞬间他的身体或者精神应该是出现了什么异常。”

“异常……比如说呢？”

“我现在立马能想到的是安眠药或者是镇静类的毒品，比如鸦片和海洛因之类的。”

“你是说他在比赛之前吸了这些？”

“我想运动员应该不会在即将参加如此危险的比赛前去碰这些东西。一定是谋杀，然后伪装成比赛过程中的意外事故。不过……”

“不过什么？”

“虽然这么说，但是动机还是不够。当天的比赛是日本 TOTOR 杯的第一天。第一名的奖金是二十万日元。仅仅为了二十万日元就去杀人这未免说不过去。虽说这比赛也有博彩，但是真山慎司也不是热门的夺冠选手，因为博彩而去谋杀的可能性也很小。”

看到古手川满脸困惑地挠头，真琴感到吃惊。

“仅凭这么微不足道的证据，就让我们去解剖吗？我还以为是有什么十足的把握才让我们这么做的。”

“我说，真琴医生，你让我仅凭这些材料就去推断事件的全貌，实在太强人所难。说到底，这件事的起因，还是光崎教授让我把区内有既往病史的尸体案例全部告诉他。真琴医生您说得像一点都不知道这事儿似的。”

“我当然不知道，而且这些事不都是在我来到这个法医学研究室之前的事情吗！”

“那，之前就在这里的人……”

古手川把视线移向凯茜，而凯茜却事不关己地耸耸肩。

“Sorry，这件事情我也不知道。”

接着又过去了一个小时。

法医学研究室的门被打开了，出现了两个男人。

一个是寸头，另一个留着长发，两个人的表情都十分阴沉。至少可以确定的是，二人来者不善。

真琴在询问来人之前，寸头那位就先行掏出了警察手册。

“我是大森署刑事科的堀内，这位是监察医剑池医生。”

被介绍的这个人甚至没有点头示意一下。

他就是那个写这份解剖报告的人——想到这儿，真琴又一次观察起了眼前这个男人。

他虽然整个人很干净利落，但是却给人一种不好的印象，大概是因为那双眼睛太不友好。明明是第一次见面，却一副瞧不起人的态度，丝毫没有隐藏自己的傲慢。不过话说回来，以一种友善的态度去对待指出自己错误的人，也确实挺难的。

“你就是埼玉县警古手川？”

“是。”古手川不情愿地举起了手。

“就在刚才我们去了被害者的家里。”

“这是为什么呢？遗体既然已经归还给了家属，就没有别的事了吧。而且听说，你们也会将这次的案子按照意外事故来处理吧。”

“由于柜子里还有死者的遗物，所以我们拿去归还给死者家属。出于礼仪想最后拜一拜遗体……一旁的死者妻子却坐立难安了起来。”

真琴在心中叹气，果然公美是不可能在警察面前蒙混过关的。

“我们就是干这一行的，有人撒谎，一眼就看得出。我们随即就注意到棺材是空的，就询问死者家属，紧接着她就说出了你这位埼玉县警的名字。那么古手川警官，你到底是想做什么？”

堀内站到古手川面前，语气并不客气，气势也完全就是要吵架的样子。

“这起事故不归你们管辖，却把遗体搬到你们当地的医院，到底是为什么？是在你所管辖的区域发生什么相关案子了？即便是这样，你们没和我们打一声招呼就把遗体搬走，这也是违反规定吧。”

仅听这人说话，还以为是黑道的人。刚刚古手川所说的警察的地盘意识难道是说和黑道一样？

不过，面对这样强硬的话语，古手川也没有一丝胆怯。

“大森署生气也是应该的，不过为什么把监察医也一起带来了呢？”

“这是当然，我也有抗议的权利。”

剑池理所当然地反驳道。

“你们把在东京都监察医务院解剖过的尸体搬到医大的法医学研究室，知道这么做意味着什么吗？这是对监察医务院极大的羞辱。”

剑池的视线慢慢地从古手川移到了真琴和凯茜的身上。

“我虽然不知道这是谁的指示，但是你们找监察医的碴儿究竟是想做什么？”

“解、解剖是经过死者家属许可的。”

真琴下意识地回答，剑池却丝毫不以为意。

“不管有没有得到家属的许可，你们这么做都是对监察医务院的极大羞辱，这一点是无法改变的。你们浦和医大是打算骑到我们监察医务院的头上吗？这次到底是谁指使你们这么做的？”

被这样逼问，真琴无言以对。虽说要求他们检查尸体的是光崎，但是他并没有要求他们解剖。做出解剖决定的是站在这里的三个人。

想到这儿，真琴浑身冒冷汗。

没想到当时在现场的一时判断，在无意中就让浦和医大与东京都监察医务院站在了对立面。而事实上，这三个人都没有做决定的权力。

如果就这样一直追究下去的话，那么完全可以说是真琴他们导致浦和医大陷入如今的窘困境地。

怎么办……

这时，古手川站出来挡在了真琴面前。

“是我提出二次解剖的，这两个人就是被我拉下水的。”

“你自己？没有县警或是直属上司的指示吗？”

“是我私自决定的。”

“哦，是吗。我看你还挺年轻，是什么级别？”

“我就是个普通刑警。”

“所以说，就是个普通的巡查部长？你好大的胆子，竟然敢去插手不归你管的案子。”

剑池脸上浮现出了一丝冷笑。

那是一种充满了权威主义和骄傲自大的神态。简直不敢相信，这样一个男人竟和光崎同为解剖医生。

真琴一直以来最讨厌暴力，从小到大没有对别人动过一次手。但是这次，真琴真的非常想冲着剑池的脸来上一拳。

古手川表情僵硬，看上去应该和真琴想法一致，他的两只手都紧紧地攥着拳头。

真琴这次是真的有点慌了。再这样僵持下去，古手川真的很有可能忍不住动手去打剑池，那后果一定是吃不了兜着走。

而此时，堀内似乎也察觉到了气氛的异样，便介入了二人之间。

“这案子大森署这边还没有结案，仍处于搜查阶段，所以仍然保有对遗体管理和处置的权限。”

古手川的表情慢慢缓和下来。和剑池不同，堀内这番话合情合理。

“我不知道你们是出于什么目的做出这样的事情，但是劝你们在事情闹大之前，赶快把遗体送还给死者家属为好。”

虽说辖区不同，但这话里还是能听出同为警察的体恤。若不论地盘意识问题，想必他应该也是个耿直的性格。

但是古手川却并没领这个情。

“我拒绝。”

“你说什么？”

“我虽说只是个巡查部长，但我还是会为自己的判断负责。”

“你可不要打肿脸充胖子啊。”

“打肿脸充胖子的恐怕是您那边的监察医吧。”

“你什么意思？”

“那具尸体上根本没有手术刀划过的痕迹。压根儿就没有进行过司法解剖！”

堀内的脸色瞬间大变。

“你在胡说什么！”

“不只是我，这里的二位医生都已经检查过尸体了，根本没有一点儿被解剖过的痕迹。”

堀内看向真琴和凯茜，见两个人都沉默地点了点头，又慌忙看向剑池。

“剑池医生，这三个人说的是真的吗？怎么会？”

剑池也表现得有些惊慌失措，但瞬间就恢复了平静，镇定自若地开始圆谎。

“堀内警官，也有可能存在记录错误的情况。”

“记、记录错误？”

“忙的时候，我们一天需要解剖好几具尸体，弄错了一具也情有可原。而且这起事故怎么看都只是撞击到围栏造成的意外事故死亡，即便是解剖了，也不会让搜查方向出现大的转变。”

古手川看到堀内无话可说的样子，便朝真琴使了个眼色。真琴立马明白了他的意图。

“堀内警官，对吧？请您跟我来。”

真琴突然抓住堀内的手腕，把他拉向解剖室。往后一瞥，只见剑池也要跟过来，被古手川拦下了。

一进入解剖室，真琴就推出了一个尸体保管箱，里面是被裹尸袋包裹住的真山慎司的尸体。

“请看。”

真琴把裹尸袋打开，尸体就裸露在堀内的眼前。堀内半信半疑，并用手捂住了口鼻。

在青白色的照明灯下，真琴的手指轻轻划过尸体的头部、腹部、腿部。堀内的眼睛紧紧盯着真琴的手指指向之处。

“的确……没有缝合的痕迹。”

堀内喃喃地说出了亲眼确认过的事实，脸上满是被背叛的神情，离开了保管箱。

“医生，请问知道这件事的人都有谁？”

“只有我们三个。我们没有告诉死者家属。”

“这样啊。”

堀内神情微妙地低头行了个礼，便沿着原路返回了。

看来这次情势该颠倒过来了。真琴跟在堀内后面也回去了。

古手川还在和剑池争执。但这次面对剑池，堀内不再客气。

“到底是怎么回事，剑池医生？和他们说的一样，遗体根本没有解剖的痕迹！”

“我刚刚也说过了，这个案件一开始死因就已经明明白白。如果说行政解剖的目的是查明死因的话，那死因已经明了，何必费这个功夫？还是说我把这尸体解剖了，这案子就会变成凶杀案？”

“这是两码事。最重要的是这违反了我们的正规手续规定。”

“这些手续也是应该改改了。你刚刚不也说了吗，死者既没有自杀的动机，也没有遭人忌恨。柜子和家里也没有发现安眠药等异常药物，已经确认了那么多遍的监控，也不像是驾驶失误。不论哪个验尸官来看，这都是个单纯的意外事故。这已经成定论了。”

“但是……”

“我希望你也能考虑考虑我们监察医的处境。我们一边经营自己的医院，一边还要参与行政解剖，之所以这么做，就是为了帮助犯罪搜查。但是这种合作并不是强制性的。说到底，监察医制度本就不是以协助犯罪搜查为目的的。但比起解剖一具尸体，我还不如去医治自己的患者，既能挣得更多，又算是为社会做了贡献。不论在死人身上花再多的时间和金钱，他们也不会死而复生。”

真琴突然觉得自己被人当头打了一棒。

这个无论是作为医生还是作为一个人都不值得被尊敬的男人，口中说出的话，竟和自己刚来到法医学研究室时说的如出一辙。

生者比逝者重要，治疗比解剖重要。那个时候的自己相信这就是真理。但是，现在这话由剑池说出来，听起来完全就是利己主义的言论。

“还是说，堀内警官，你要检举我？”

“这……”

“你要因为我每天忙得焦头烂额，以至于没有完成好这一件解剖而逮捕我吗？你们能够查明死因全靠我们监察医务院吧，你现在是打算与我们反目成仇？”

明明是剑池有错，但此刻他却莫名有种高傲的姿态。真琴感到奇怪，看了看大家的表情，发现只有凯茜抱着胳膊藐视地看着剑池。

“你看起来一脸迷惑啊，真琴。”

“嗯，是。”

“他之所以突然变得这么嚣张，是因为没有人能够处罚这个 Shit 医生。”

听到这话，剑池满意地点了点头。

“他所做的事，或者说是没有做的事，违反了东京都监察医务规程的第五条，也就是在通过验尸不能确定死因的情况下，监察医必须进行解剖这一条规定。”

“那……”

“但是，这个规程里并没有提到处罚的问题。而且即便想以伪造诊断书这类伪造文书罪将他告上法庭，也必须存在内容上的虚假记载。所以纵使没有解剖，实际情况只要和解剖报告中的内容一样，也无法主张虚假记载。过去保土谷也发生过类似的案子，检方当时也因‘无法断定没有进行解剖这一事实’，没有起诉被怀疑的监察医。”

听到凯茜的这番解释，剑池似乎很高兴。

“你很清楚嘛。看样子应该是外国医生吧，这里还有这么厉害的医生吗？请问你的名字是？”

“我不想把名字告诉给一个 Shit 之人。”

“明明是个医生，说话却污言秽语的。”

就在剑池大放厥词的时候，门打开了，这个法医学研究室的主人回来了。

“那也比你这个不知廉耻的监察医要文雅得多。”

“光崎教授！”

真琴不由自主地提高了声音。此刻的光崎看起来是那么值得依靠。

“我不想说废话，现在就进解剖室。解剖的准备做好了吗？”

凯茜脸上满是笑意。

“给我们十分钟就好。”

“太慢了，三分钟。还有站在这儿的这个毛头小子，以及这个不知哪里来的警察。”

堀内疑惑地指指自己。

“对，就是你，我们现在要开始解剖了，你站在这里也没事干吧。一起进来吧。”

这话不是提议，而是命令，倒是很符合光崎的作风。而堀内似乎还没搞清楚是怎么回事，稀里糊涂地点了点头。

对于这突如其来的气氛上的转变，剑池开始不安了起来。

“我说，你这是越权行为。这个案子还是归大森署负责的。”

“大森署的人不也在这儿一起旁观解剖吗？哪里越权了。”

“这是对完成解剖报告的我本人以及东京都监察医务院的侮辱。”

“啊。你是个人渣，我就以对待人渣的方式对待你，怎么能说是侮辱呢。应该说是合情合理。”

“人渣……你说我是人渣？”

“不管是活人还是尸体，你应该动刀的时候却不动刀，就不配做一个医生。你就只是个拿着一纸医生从业资格证的臭虫而已。”

光崎这话说得很重，剑池一时间没有回过神来。

“像你这种没有良知的人不配待在这里。赶快滚出去，你这个臭虫。”

4

按照光崎的命令，保管库中真山的尸体在三分钟内就被搬上了解剖台。

开刀的是光崎，凯茜和真琴负责传递工具和担任助手，两名警官站在稍远的地方观看解剖过程。古手川对于解剖已经见怪不怪了，但是突然被要求旁观解剖的堀内似乎显得非常不安。

“现在开始解剖。遗体为男性，三十多岁，头盖部位头顶部破裂，脑髓露出，身体表面出现多处擦伤和跌打伤，颅脑挫伤的可能性比较大。现在为了确认死因准备开腹，手术刀。”

光崎用刀将死者的腹部呈“Y”字形切开，然后用肋骨刀将胸部切开。看到这不带一丝犹豫干净利落的手法，堀内睁大了眼睛。

虽说最近真琴已经习惯了，但是看到这里还是不禁感叹光崎高超的技术，连外行人也一眼看得出。

在青白色的灯光下，脏器完全裸露了出来，光崎一一仔细检查。

“肺部和心脏表面存在损伤，其他的脏器也有些许变形。损伤部分有出血，但是这是由于撞击时离心力产生的巨大力量导致，损伤部分和肋骨的形状完全一致也可以证明这一点。另外各种损伤都较浅，尚未达到致命的程度。所以由于脏器压迫致死的可能性很小。”

光崎的语气不带一丝起伏。

截至目前，情况和剑池的解剖报告没有大出入。报告中虽没有涉及脏器相关的记录，但只要是不牵扯到死因，即便是没有相关记述也无法追究责任。

“下一步，采血。”

这次轮到真琴出场了，真琴熟练地用注射筒采血。和上次不同，她这次非常迅速地完成了定量的血液采集。

因为面对的是尸体，所以不需太在意时间——这样想就大错特错了。至少站在光崎旁边当助手的时候，就会被过分地要求动作迅速，如果没达到，就会被怒吼斥责，所以动作也会不自觉地加速。

“血液还保持着流动性，这说明应该是脏器损伤之外的原因导致的死亡。分析血液时，要特别注意是否有药物混入。不过，我估计大概是没有的。”

对于光崎的最后一句话，真琴感到有些奇怪。光崎应该并没有听到古手川的推理，但他还是否定了有毒品的使用。也就是说，光崎一定是想到了另外的原因。

“开颅。”

接到指示的真琴又一次看向死者的头部，顶部有明显破碎，发生了严重变形。说是因为颅脑挫伤致死也不为过。

“进行开颅手术，钻头。”

“是。”

由于遗体脑部的一部分处于缺损状态，所以如果钻头使用不当，头部会变形得更加严重。不过光崎仍是毫不迟疑地将钻头穿了过去。

“骨锯。”

光崎的手指一刻也没有停歇。为什么他都这把年纪了还能有这么充沛的精力呢？他的手指令人眼花缭乱而又无比精准地移动着，简直就像是娴熟的钢琴演奏家。当然也有可能是他平常的言行太过粗鲁，才反衬出现在的细致入微吧。

光崎沿着虚线条将头盖骨锯开，那声音十分有节奏，若闭上眼睛，似是有熟练的建筑工人在切割材料。

瞬间，真琴的脑中浮现出了“艺术家”这个词。当然将人的生死比作艺术未免会有些不敬，但是真琴实在找不到比这个更恰当的词汇，来形容光崎华丽的技术了。

“呜……”

手术的中途，旁边突然传来了声音。向那边一瞥，发现是堀内在捂着嘴。

“堀内警官，还是不行吧。这种场景连我们跑现场的刑警也是很少见到的。”

“……你没事吗？”

“嗯，我还好。”

“不用担心，我会看到最后的。”

终于，头盖骨被完全切断了，骨瓣被取了出来。

露出的脑髓已经被破坏得完全扭曲。光崎将目光移向受伤的部位。

“由于头顶遭到外部的直击损伤，导致脑实质大范围的受伤，脑干出血。这大概是由于脑底动脉穿通支发生了错位导致的。”

古手川急忙插嘴问道：“光崎教授，那死因是？”

“颅脑挫伤。”

古手川失落地垂下了肩膀。这样一来结果就与剑池所做的解剖报告越来越接近了。明明费了好大的劲儿才争取到这次解剖，而结果却与之前的检查报告一样，这根本不值得自己刚刚冒险说出的那番话。

而这时，光崎做出了一个让所有人都为之一惊的举动。

“把他眼睛翻开，手术刀。”

翻开眼睛？

真琴虽然感到疑惑，但还是把手术刀递给了光崎。

光崎的手术刀首先伸进了遗体的右眼。他沿着眼窝画圈，慢慢地让眼球裸露出来。

随后他将结膜去除，终于，眼球完全裸露了出来。光崎用手指拿住眼球，慢慢地将其从眼窝中取出。

光崎仔细凝视着那个眼球，不久后似乎明白了什么一样，点了点头。

“嗯，果然如此。你们两个，都来看看这个视网膜。”

真琴和凯茜都将视线集中了过来。

视网膜包裹着玻璃体的内侧，中心处还有动脉穿过，这是视网膜动脉。

仔细观察就会发现，视网膜的一半以上都变色了。如果是死亡后腐败的话，应该会整体变色。但是现在却只有一半。

“这是视网膜坏死。视网膜的一部分没有充足的血液流入所以导致部分坏死。看，这里。”

光崎拿着手术刀指着视网膜动脉。

“血管的这个部分有堵塞，所以血液本身可以流入，视网膜细胞也并没有全部死亡，但是由于缺血液还是会慢慢坏死。”

“视网膜动脉阻塞……”

“真琴医生，这到底是个什么病啊？”

“古手川警官，眼球与镜头的构造很像，这点你知道吧？”

“这我还是知道的，但是具体细节就……”

“视网膜就是眼球内侧的一层薄膜，也就是说经过瞳孔进入的光源影像，人体都是通过视网膜这个大屏幕进行感知的。而视网膜动脉阻塞，就是动脉硬化导致血管直径变小，流入视网膜的血流变少的症状。那么，视网膜发生坏死之后，你认为会怎么样呢？”

“也就是说这个大屏幕会坏掉……那就会无法正常感知到影像？”

“对，就是这样。由于视网膜坏死，所以视力会突然大幅衰退最终失明。”

“那，一半以上的视网膜坏死也就是说……”

“死亡的时候，真山几乎失去了所有的视力。”

光崎用手术刀切除了一部分的视网膜动脉。

“提取标本。术后进行阻塞确认。”

“是。”

凯茜将采取下来的血管放到了不锈钢托盘里。

“这是什么意思？”

旁观了解剖全程的堀内终于开了口，那声音十分沙哑。

“如你所见。不用说撞击到墙之前，早在比赛开始的时候这个男人就已经失明了。从视网膜的坏死程度来推测，日常生活也肯定已经受到了影响。”

“明明都这样了，为什么还要参加比赛呢？竞艇比赛不允许戴眼镜吧，这种状态下参加比赛，一定会发生事故。明知如此，为什么还要……”

“就是知道所以才参加的。”

光崎小声说：“从事这行二十年的人不会不知道比赛的危险性。”

“您是说他是自杀？”

堀内的话让在场的空气都凝固了。

“但、但是真山慎司没有自杀的动机啊。”

“你是说一位失去视力的竞艇选手没有自杀的动机？”

这次，古手川突然叫了一声。

“选手资格！我想起来了！”

“古手川警官，什么选手资格？”

“竞艇运动员每三年会进行一次注册更新。那个时候需要进行体检。两眼视力必须达到裸眼4.9，否则就会取消比赛资格，也会取消选手注册。”

公美的话在脑海中响起。

“……他一直都拼尽了全力，‘我除了竞艇一无所有’，‘只有在驾驶快艇的时候我才能感受到活着的意义’，他一直把这些话挂在嘴边。”

“如果选手资格没有连续累积到一定年限的话，就得不到退休金和年金。不过，死者还有五千万日元的保险。”

若是被取消选手资格的话，就只能退役了。对于一直以来只为竞艇而活的人来说，简直就是被宣判了死刑。而且这样持续下去的话，就只能凭着有限的退休金勉强度日，绝望地等着完全失明的那一天的到来。

但是，如果他在比赛中发生意外事故死亡的话。

真山慎司就能至死都一直保留竞艇选手的身份，他的名字也会深深地刻在每一个竞艇界人士的脑海里。最重要的是，还能给妻子留下五千万日元的遗产……

“视网膜如果处于缺血状态的话，最多能支撑一个小时。如果超过一小时就会留下严重的视力障碍。但视网膜动脉阻塞症并没有疼痛等前兆，应该是某一天突然发生的，估计死者本人也有去眼科进行过检查。”

“但是光崎教授，在既往病史这一栏并没有眼科检查记录啊。”

“应该是私下找人看的，毕竟他们这一行如果被人知道自己去了眼科看病就出大事了。调查一下就可以了，死者关系亲近的人里一定有眼科医生。”

“但是，没有证据啊。”

堀内喘着粗气说道：“确实，如果是这样的话，动机倒还算成立。但是在撞击之前，真山是有意识地操控了方向盘，还是由于视力丧失导致的操作失误，这无法确定，所以不能认定为自杀。”

“是吗？”

对此，光崎似乎不以为然。

“您这是什么意思？”

“究竟事故还是自杀。在这种情况下，我们只能说可能性，真相只有死者本人才知道。”

“那死因是……”

“死因是颅脑挫伤。能写在报告书上的只有这个。剩下的就不属于解剖医生的工作范围了。不过如果得不出结论的话，那么就得好好斟酌一下了。”

“斟酌？”

“大森署的警察都是这么冷酷无情的吗？”

“当然不是，怎么会。”

“将这个案子认定为意外事故有得也有失。相反，认定为自杀亦是如此。你们应该好好斟酌一下怎样才能最好地体恤死者家属吧。”

也就是说，警察在做判断、下结论前要充分考虑到家属的心情。

没想到光崎居然有如此大的胸襟，真琴感到意外，不过突然又想到了一个重要的事情。

“教授，那个，我们会不会因为这次的事情和监察医务院闹得不愉快？”

“来这儿之前，我去了趟那边。”

“啊？”

“我和那边的医务院院长是大学同学。这次不仅没发生争执，还被感谢了一番。”

原来刚刚光崎是去了监察医务院。

“感谢我的同时，他还对这个渎职的监察医感到十分气愤。那个医务院长一直以来都对人比对自己要求还严格，不知道这次会怎么处置。毕竟制裁一个人并不是只能靠法律。”

这话说完，光崎便开始缝合刚刚切开的部位。而他的背影也散发出一种异样的气场，似乎是在拒绝继续交谈。

堀内的眉头一直皱着。

解剖终于结束，真琴刚打算去把用具清洗干净，就被人叫住了。

“梅野医生。”

回头一看，竟是津久场教授。

津久场公人，是内科的负责人，也是真琴在内科培训时的指导教授。他的年龄与光崎相仿，但是明显为人更谦和有礼，至少不会在初次见面时就去用险恶的想法揣测他人。

“教授，您好！”

“在这里已经基本习惯了吧。”

“没有，还有很多需要学习的地方，而且每次都会遇到新的案子。”

“想要积累经验，这样才是最有帮助的。而且光崎教授的解剖技术对于你们这些实习医生来说可以说是最好的范本了。”

何止，简直就是好得过头，根本模仿不来。真琴心里这样想着，但是没有说出来。

“没有遇到什么麻烦事吧。”

“嗯？”

“他那么一个唯我独尊的人，是不是让你感到比较困扰？”

“困扰倒也不至于，只是有时不知如何应对，但最近也渐渐习惯了。毕竟，也只能学着适应。”

“哈哈哈，不过适应了光崎，就什么都不怕了。”

津久场笑了起来，那种坦率直爽的样子和光崎形成了鲜明的对比。不过在那爽朗的笑声中似乎也隐藏了一丝担忧。

“说起来，我听说……光崎最近做了很多解剖？”

“啊……”

“而且就连那些验尸官已经提交了尸检报告，或是监察医已经完成解剖的案子也抢来做解剖？而且态度还十分强硬，有人说都算是犯罪了。”

“是的。”

“你知道他这么做的意图吗？”

“完全不清楚。不过光崎教授一直要求埼玉县警的一位刑警向他报告一些有既往病史的案例。”

“既往病史？越来越搞不懂他了。”

津久场感到十分困惑，陷入了沉思。

“最好是我多心了。”

“多心？”

“学校内有些不太好的风声。”

津久场压低声音说。

“先不说对光崎技术的评价，他这性格平时就树敌颇多。他再强行进行解剖的话，正好成了别人攻击他的理由。”

“抱歉，您的意思是……”

“很多人都认为他蛮横且无视解剖费用，不断去增加自己的解剖业绩。还有人揣测他是不是想通过增加解剖业绩来维持在法医学会的地位。”

法医学会的地位。确实，光崎挂名了学会的理事。不过，真琴不认为光崎多么看重这个地位。虽说没有听光崎亲口说过，不过，应该不会有人比他还要不贪恋名誉和地位了吧。

“大学的各个研究室都面临着缩减开支的难题，而只有法医学研究室如此放肆地支出，周围人认为光崎行动可疑也是可以理解的。”

“可疑？怎么会呢。”

“枪打出头鸟。而且光崎还树敌颇多。如果今后还这么放任光崎不管的话，迟早会有人借此陷害他的。”

说到这儿，津久场长叹了口气。

“梅野，我是真的太担心他了。”

第四章　母亲与女儿

1

到柏木家的时候，裕子的母亲寿美礼和往常一样在门口等待着真琴。

“哎呀，真琴，好久不见了。”

“是呀，真的是好久没见了。请问，裕子在家吗？”

“在呢在呢，快请进吧。”

真琴一边跨过门槛，一边觉得自己有些虚伪。虽然明知道裕子正在居家养病，不可能外出，但还是出于礼节性地问她在不在。如果只是单纯的医患关系自然是没什么问题，但是作为老朋友，不免显得有些生分客套了。

“裕子最近身体怎么样？”

“每天都在坚持做运动，所以感觉比之前好多了。”

寿美礼看起来很开心地汇报道。

但从刚刚开始，真琴的注意力就一直在寿美礼的脸上，以至于没怎么认真听她讲话。因为寿美礼的脸看起来格外憔悴。

以前的寿美礼脸颊圆润饱满，总是红光满面，如今却脸颊凹陷，嘴唇干裂。真琴经常在医院里看到这样的面孔。这是典型的因照顾病人而疲惫的面孔。

穿过狭长的走廊来到了裕子的房间。打开门，一眼就看到了躺在床上的裕子。

“啊，是真琴呀，好久不见。”

裕子转过头来朝门口微笑道。万幸的是，她并没有像她的母亲那般消瘦憔悴。

“好久不见！真是太好了，你看起来状态很不错。”

“我这个样子真的看起来不错吗？”

裕子指了指床，自嘲道。

“但是，你不觉得这样生活，很有‘不幸的美少女’的感觉吗？”

“从医生的角度来说，你这位美少女年纪可有一点大。再说你哪里不幸啊，完全就像是吃了防腐剂一样年轻好吧。”

“你真烦人。”

话音刚落，裕子就轻咳了一下。裕子因为要咳痰，所以经常会咳嗽。真琴照看着裕子。一直咳嗽的话喉咙会痛，她准备在那之前加以制止。

裕子得的是肺炎。

柏木裕子是去年来到浦和医大内科门诊看病的。当时正在内科进修的真琴本应为与高中同学的意外重逢而感到喜悦，但却因为对方是患者而高兴不起来。

长期咳嗽和发烧，还伴有呼吸困难。主治医师津久场将其诊断为由病原体感染引起的肺炎。青霉素作为抗生素的代表性药物对病原体并没有效果，再加上普通的痰液检查不能直接确认病原体，所以发现的时候病情已经很严重了。这就是裕子的大致情况。

胸部 X 线检查结果显示，肺部的三分之二以上有阴影，白细胞也达到 4000/ml 以上，病情已经十分严重了，裕子必须进行长期治疗。虽说是长期治疗，但也不是说必须住院，只要保证有安静的休养环境并且能定期服用抗生素的话，也可以自行居家疗养。

遵从裕子的要求，真琴作为津久场的助手，一起负责裕子的病情。真琴和裕子是高中同班同学，关系非常要好，而且也经常到对方家里过夜。裕子对真琴来说不只是普通的病人，更是重要的朋友。正因如此，在裕子回家疗养后，真琴也会定期去她家里探望，确认她的病情。

“还是经常干咳吗？”

“嗯，白天的时候好多了，但临睡前总是会咳嗽。”

“药有好好吃吗？”

“当然，按照你的吩咐按时服用呢。但是这个口服药是给小孩子吃的吧？”

“对成人也有效。”

“是吗？我不是在质疑津久场医生和医院哦，但总感觉症状好像并没有好转……”

“但是，至少也没有恶化吧？”

“那倒也是。”

“而且这个药还有阻止细菌继续增殖的作用。我希望你能相信医生。”

真琴虽然这样对裕子解释着，但其实内心也在隐隐担忧。

首先，病原体具有耐药性。病原体也是菌类生物，只要是生物就都会对抗生素产生耐药性。例如，之前大环内酯类的抗菌药对治疗病原体菌非常有效，但近年来病原体菌发生了基因变异，对该抗菌药产生了耐药性。如果裕子感染的细菌已经具备这种耐药性的话，抗菌药就起不了多少作用了。

第二，因为是口服药，所以不同体质人的吸收程度也会有所不同。即使是相同的药量、相同的血药浓度，由于个体吸收的差异性，药效也会相差甚远。

第三，是体力的问题。既然抗菌药也是药，那就一定会产生副作用。如果患者的免疫力较高，那药物的副作用可以忽略不计。但如果在患者体力不断下降的状态下，药物的副作用也可能会被放大。如果长期服用，药物在抑制病原体菌的同时可能逐渐侵蚀患者的身体。

但是，这些话难以向裕子启齿。虽然在住院时已经签署了知情同意书，但有关抗菌药的具体情况并没有告诉她。目前给裕子用的药是加雷沙星，这种药最近被证实对成人的病原体感染有效，但在其副作用方面还存在着未知数。

“虽然静养很重要，但也必须适度地运动。”

“这个完全行不通啊。”

裕子轻轻拍了一下双膝。

“我妈妈对我实行着严格的保护措施，完全不给我出门的机会。”

就在这时，寿美礼刚好拿着托盘走了进来。

“这不是应该的嘛。病原体菌是寄生在动物身上的吧。随便外出的话，万一再次感染病菌了可怎么办？在家也可以进行适度的运动啊。”

寿美礼一开始唠叨，裕子就默不作声了。高中的时候就是这样，一点儿都没变，真琴不知为何感觉心里松了一口气。

“还真是老样子。”

真琴戏谑地说：“要是没有阿姨在你身边，你就什么都做不了吧。”

“你可说对了。在嫁人之前就是要尽可能给她添麻烦。这才是‘孝顺’的真谛。”

“净说歪理！”

寿美礼皱起眉头斥责道。

“我可已经伺候你几十年了，更别说你生病的这段时间了。你可赶快找个好男人嫁出去吧。妈妈我也想早点享受一个人的美好时光。”

母女之间的拌嘴，也一如当年。

真琴一边憋着笑，一边继续询问着裕子的情况。

问诊结束后，真琴被寿美礼带到了另一间屋子。那是玄关旁边的卧室，离裕子的房间最远。

“在这儿说吧，她听不到。”

寿美礼低声说道：“我女儿的身体，到底怎么样？”

真琴不知该如何作答。说实话，她心中担忧的问题并不是一朝一夕就能解决的。比起居家疗养，住院才能得到更好的护理，也能及时应对不测。

但柏木家的经济情况并不允许。光检查费用就是一大笔钱，如果长期住院疗养的话，更是一笔巨大的开销。单亲家庭的柏木家本就不宽裕，而且浦和医大也总是满床状态，所以对长期住院的患者也敬而远之。

这种时候，最佳的逃避办法就是让自己当个坏人。

“阿姨对不起，我虽然是医生，但也只是个实习医生，不能给出负责任的回答。”

“真琴……栂野医生，我这么问并不是想让你承担责任，我只是想知道怎样才能让我的女儿早日痊愈。”

“我能理解您的心情。我还特意查阅了外国文献，看看有没有什么好的治疗方法。但是，病原体的特效药还都没有完成试验……”

细菌是生物，所以既可以变异也可以进化。不知道是不是想起了以前真琴所做的说明，寿美礼眼里失去了光彩，陷入了沉默。

“阿姨你觉得裕子的情况如何？她自己总是报喜不报忧的。”

“不只是咳嗽，她经常全身疲软乏力。也不是我禁止她外出，而是她的身体根本负担不起，刚走几步路就累得喘不过气……”

“她有没有感冒之类的？”

“因为不怎么外出，所以不会感染到外面的病毒……但还是一年到头地咳嗽。”

裕子的体力确实越来越差了。就连起身的时候，都需要用双手来借力支撑。而且体力的下降会直接导致免疫力的降低。

还有一件事也令真琴十分在意，那就是正在与她交谈的寿美礼的憔悴。

虽然与之前相比，如今政府对单亲妈妈可以提供更多的公共援助，但在孩子成年后就会停止。裕子没有工作，所以居家疗养的话，就只能靠寿美礼一个人一边赚钱一边陪护。

而且为了方便照顾病人，很难找到全职的工作，只能靠打零工来维持生活。听说寿美礼在附近的超市和牛肉盖饭店上两份夜班，但打工挣的钱也仅够勉强维持生活和支付医疗费。她为了维持生计如此辛劳，变得憔悴也在情理之中。

“阿姨……您没事吧？您看起来有点儿没精神。”

“我没事。”

寿美礼边说边挺直了脊背。

“但是，您同时打两份工，还要照顾裕子。您一周得休息两天啊。”

虽然知道不该说，但真琴还是没忍住脱口而出。

“虽然看起来没精神，但我的身体可是很棒的。哪里需要休息两天，一天就足够啦！”

“您能按时吃一日三餐吗？能保证足够的睡眠时间吗？”

“哎呀，哎呀，你怎么像是来给我看病。”

“我没有开玩笑，有很多家属会为了陪护病人而把自己累倒了。总之您一定要好好照顾自己的身体，绝对不要勉强自己啊。”

这不是虚情假意的客套，而是真琴的肺腑之言。

以前真琴和裕子在彼此家中留宿的时候，真琴就深感寿美礼对裕子的母爱之深。听说裕子五岁的时候父亲就去世了，之后一直是她们娘儿俩相依为命。真琴想，正因如此，母女俩之间的感情才格外的深厚吧。

所以真琴才更加担心，寿美礼会为了照顾裕子而把自己累倒。原本按道理来说，陪护一方应该会有一定自制力，但在寿美礼身上却一点儿都没有体现出来。如果长此以往，就会演变成母女俩互相照顾彼此这种哭笑不得的局面。

但寿美礼却对真琴的担忧毫不在意，若无其事地回答道：“放心，我不会勉强自己的。”

“阿姨。”

“裕子是我丈夫留给我的唯一的宝贝。无论发生什么事，我都会尽全力守护她到底，否则我会愧对在天堂的丈夫。”

“您怎么说这种话……您现在已经够辛苦了，请一定要好好珍惜自己的身体啊。”

“珍惜自己……吗？”

寿美礼无力地笑了笑。

“但是……其实有比自己更值得珍惜的东西存在，是一件幸福的事。所谓珍惜，也包括守护，对吧？”

在确认抗菌药还没有用完之后，真琴就离开了柏木家。

在回学校的路上，真琴对自己的无能为力感到恼火。作为一名实习医生，真的太丢人了。

就算没有同学这层关系，真琴也想帮助这对母女。但现实是，自己并没有能力为裕子进行最先进的治疗，能做的就只有定期探望而已。当然，这说到底也只是真琴自己的任性想法。然而只要看到那对母女，就仿佛医疗制度的界限摆在自己面前，让真琴越发惆怅。

大概扼腕切齿，就是形容这种事情吧。真琴只能空想，却在现实世界中无能为力。她只能啃咬着指甲，看着空想的日子一天天走过。

三天后，裕子被急救车送到了浦和医大。在真琴正准备下午排好的解剖时，接到了寿美礼的电话。

“裕子的情况突然恶化……”

“发生了什么？快告诉我具体的情况！”

“刚从厕所出来就突然晕倒了……”

真琴立刻叫救护车开到柏木家，裕子马上被送进了急救室，接受急诊医师的诊察。万幸的是，津久场刚好在场。

虽然真琴只是一名法医学研究室的实习医生，但她也管不了这么多了。因为光崎不在，所以真琴试图得到副教授凯茜的许可。

“那位患者是真琴的好朋友吧？”

真琴已经做好了被骂公私不分的心理准备。

“是的。”

“即使是最好的朋友，你也能把她当作普通患者一样，冷静地处理吗？”

这个时候，就算不行也要说行。真琴挺起胸膛回答道：“当然。”

“那我会向教授报告的。你去吧，真琴，尽力而为。”

之后，真琴就冲出了法医学研究室。

虽然很久没有走进内科病房了，但真琴没有时间感慨，火急火燎地冲进了裕子的病房。

病房里，津久场和医护人员正围在裕子身边。

透过他们的缝隙，真琴看到了裕子的脸。她面色苍白，呼吸异常急促，呼出来的气比吸进去的气还多，可以看出来呼吸十分困难。

真琴很想跑过去握住她的手——但作为一名医生的职业操守，让她抑制住了这份冲动。

“津久场教授！”

“情况我已经了解了，你快来帮我吧。”

真琴连忙答应，立刻开始读取监测仪器上的数字。

然后她怔住了。

血压 89/50 mmHg，脉搏 72 次 /min，SpO_2（血氧饱和度）87%。情况不算特别糟糕，但也不容乐观。

“有低氧血症的征兆。”

另一名医护人员也附和道。

“白细胞、CRP（C 反应性蛋白）、BUN（尿素氮）、Cre（肌酐）数值全部升高。”

“呼吸困难很有可能是过度换气综合征。准备呼吸机。”

“是。”

“然后准备好地西泮的点滴。静脉注射期间也要时刻注意血压是否降低。”

真琴一边听从着津久场的指示，一边又感到十分混乱。裕子的病情为什么会突然恶化？在短短几天内肺炎症状发生恶化也是时有发生的事，但为什么一定是裕子呢？这该上哪儿说理去！

上了呼吸机，输了液，急救就暂且告一段落。接下来只能一边观察患者的病情，一边继续进行治疗。

真琴从病房出来后，看到寿美礼茫然地呆立在走廊里。

她面色苍白得没有一丝血色，仿佛随时都会倒下。

“阿姨！”

真琴跑了过去，她的身体晃了一下。真琴马上扶住了她。

真琴心里一惊，寿美礼的身体就像纸片一样单薄，摇摇欲坠。

真琴扶她坐到附近的长椅上，听寿美礼断断续续地说："昨晚还好好的。今天早上从厕所出来就突然晕倒了……其间一直在说'头很痛、我的头很痛'，所以我马上就给你打了电话……"

虽然裕子的病情恶化得很突然，但与之相比，寿美礼的状态更令人担忧。真琴一边安抚她，说幸亏她一直守在裕子身边，一边把寿美礼带到了休息室。

真琴感到后背涌起阵阵寒意。

别这样，真琴很想大声喝止。

真琴有种不祥的预感，是仿佛死神已经站到了裕子病房的门口那种不安。

她很想赶走这份晦气，但突然想到自己作为一名医生不该如此迷信，便忍住了。

裕子不会死的。

真琴在心中不断祈祷，回想起曾经和裕子一起开玩笑、谈未来、互相倾诉彼此烦恼的那段时光，很多跟家人都无法开口的秘密也能这么告诉裕子。

裕子还这么年轻，不能就这么死了。一定是哪里搞错了……一定是的。

虽然还没有丧失作为医生的判断力，但作为裕子的朋友，真琴却真真切切地动摇了。虽然明知错过最佳治疗时机的病原体感染有多么危险，但当这种事发生在好朋友身上时，真琴还是不愿意去相信。

即使如此，真琴也一直在祈祷。

裕子不能死。

如果裕子死了，她的母亲可怎么办？寿美礼会悲痛欲绝的。

快回来吧。

血压和脉搏都赶快回到正常值。

拜托了！

真琴思绪万千，在病房和休息室之间来回穿梭，试图通过来回走动来掩饰内心的不安。

开始输液后的一个小时后，裕子的病情再次急剧恶化。

即便上了人工呼吸机，她的呼吸也仍旧困难，血压也在降低。

下午三点三十分，心跳停止。

津久场和在场的医护人员齐心协力做了心肺复苏，但心跳却没有恢复的迹象。

五个小时后，裕子被确认死亡。

向寿美礼宣布裕子死亡实在太过于沉重，真琴把这个烫手山芋扔给了津久场。在被告知裕子的死亡时间后，寿美礼面如死灰地走进了病房。病房里，母亲与女儿默默相对。

而真琴则坐在休息室的长椅上，垂丧着头。虽然她此刻很想陪在裕子的身边，但自己并不是亲属，在场不合时宜……

其实，这只是借口罢了。

真琴不敢进去。

再一次确认好朋友的死亡，实在是太过于痛苦。

真琴觉得自己十分可笑。虽然只是一名实习医生，但迄今为止也目睹过不少人的死亡了。可当死的是自己的朋友时，却变得如此惊慌失措，像个小孩子一样胆怯。

虽然距离确认死亡已经过了一段时间，但真琴还没有整理好心情。医生的身份和患者好友的身份彼此对立着，互相争夺着主导权。

真琴不想让寿美礼和医院的人看到自己哭泣的丑态。所以直到只剩自己一个人的时候，才终于不用再忌惮他人的目光，放肆地哭了起来。

“原来你在这里啊。”

突然从头顶传来了一个声音。抬头一看，是古手川。

“是光崎医生叫我来的。”

笨蛋，真琴差点儿忍不住骂出声。

为什么偏偏在自己要哭出来的时候过来……

眼前刚好是古手川的裤子，于是真琴就直接把脸贴了上去。

“那个，真琴医生？”

“别动！”

然后她就泣不成声。

真琴的泪腺决堤了。她一边抽泣着，一边将内心积压的情感全部发泄了出来。裤子一下子就被浸湿了，但古手川却一动也不动。

待真琴情绪稍微缓和了一点，一块手帕被递到了眼前。

“……这是什么？”

“不认识吗？这是手帕。”

虽然手帕皱皱巴巴的，但真琴已经顾不了那么多了，一把夺过去，遮住了脸。

刚才的表情一定丑极了。擦去眼泪后，真琴的心情也稍微平复了一些。

“你不问问我原因吗？”

“我已经从凯茜医生那里听说了事情的大概经过。”

“你一定觉得我很不专业吧。”

“我没资格这么说。”

“……你曾经办理过失去亲朋的案子吗？”

“亲朋吗……在调查一起连环谋杀案时，我认识了一个九岁的男孩，结果下一个被杀的就是那个孩子。我那时惊慌失措得还不如现在的你呢。”

“那你马上就回到工作岗位了吗？”

“这是我唯一能为他做的事。”

听得出古手川在努力压抑自己的感情。这不像他平时说话的方式。

“我唯一能为他做的，就是将凶犯绳之以法。我的工作，就是建立在他人的不幸之上。只有在当事人死了以后，才能行使我的职业权力。”

那医生又是如何呢？知晓患者的病情，施以适当的治疗，这也是古手川所说的职业权力。但是，一旦患者死亡，那么之前做过的所有检查和治疗就都变成了徒劳。

在人的死亡面前，刑警和医生都是如此的无能为力。那么到现在为止，在医大学到的所有东西，到底又有什么用呢？

真琴被自己的无能所击垮，一时无法站起。

最痛苦的并不是自己。

真琴边这样想着，边走向病房。她要去询问独自留在那儿的寿美礼，是否希望对裕子进行病理解剖。

最痛苦的并不是自己。

但第二痛苦的，一定是自己。

病房里已经没有了死神的气息。取而代之的是从门缝溢出的死亡本身的味道。

真琴走进病房，只见寿美礼正坐在床边。

“阿姨。”

寿美礼没有回答。

真琴绕到她面前，一时间说不出话来。

盖在裕子脸上的白色布单被掀开了。

干瘪的手指在裕子已经失去血色的脸上摩挲着，寿美礼疼惜地抚摩着女儿的脸庞。

真琴感到胸口发堵。

明明刚才已经哭了那么久，视野却又变得模糊起来。

“梅野医生，你看。”

寿美礼小声呢喃道：“在家疗养的时候，我从来没有见过她这样平静的面庞。”

“阿姨……”

“真是个坏心眼的孩子。我一直辛苦地照顾她，结果在最后的最后，她才露出这样的表情。”

“裕子……裕子她一定是觉得很幸福，所以才走得如此平静安详……”

“我……今后该怎么活下去呢？”

再次看了下寿美礼，真琴感到害怕。

之前津久场说她看起来像幽魂，但现在连幽魂都不如，只剩下了一副丢了魂魄的空壳。她如同戴着一张能乐面具[①]机械性地吐出话语。

① 日本传统能乐艺术表演中，演员扮演鬼魂、妇女、儿童、老人时使用的面具。

2

“所以她的母亲不希望进行病理解剖，对吧？”

对于津久场的提问，真琴点了点头。对一切都已经变得麻木迟钝的寿美礼，唯独对解剖表达了斩钉截铁的拒绝。然后，真琴就去津久场的房间，告诉了他死者家属的意向。

“她说不忍心再伤害裕子……哦不，病人的身体了。”

“听说她是单亲妈妈。”

“是的，裕子五岁的时候爸爸去世了，她们已经相依为命生活了将近二十年了。”

“那么，母亲一定很痛苦吧。作为母亲，不想女儿被解剖，也是人之常情。”

真琴也不想裕子被解剖。所以当寿美礼说不希望进行病理解剖的时候，她也松了一口气。

裕子的皮肤本来就白皙光滑，再加上最近没有外出，所以听说裕子的身体上连一丁点儿的瑕疵都没有。真琴很难想象要把手术刀插进这么漂亮的身体里，而且还是自己好友的身体。

真琴觉得解剖就是把人当作一个物件来处理。但是不管曾经解剖过多少具尸体，真琴也没法做到把裕子当作物件一般看待。

“而且即使不做病理解剖，根据症状也能判断出是典型的肺炎，也没必要为了死亡诊断书特意去进行解剖。”

最开始为裕子做出肺炎诊断的是津久场，最后为裕子做心肺复苏抢救的也是他。所以津久场是确认既往病史、下死亡诊断书最合适的人选。

“死亡诊断书今天之内就能完成。由你转交给她的母亲吧？”

虽然这也是一项艰巨的任务，但如果由自己来做的话，至少能减少一些烦琐的流程。

“辛苦您了。”

真琴说着低下了头，就在这时背后的门打开了。

“现在你有空吗？”

走进来的竟然是光崎。真琴有点儿意外。

“进来应该先敲门吧。”

“是吗？”

说罢，光崎象征性地敲了敲门的内侧。津久场无可奈何地叹了口气。

“我们俩之间这样也就算了，但你要总是这样的话，路会越走越窄的。”

“都这把年纪了，路宽不宽窄不窄的早就无所谓了，够放棺材不就行了。”

“别说这种不吉利的话。我可还要作为你的好友出席你的葬礼，为你念悼词呢。”

“谁说我会比你先死的。”

看着两人面对面交谈的场景，真琴呆住了。

真琴和津久场交谈过，也和光崎交谈过，但还是第一次看到这两个人在一起。虽然都在医大担任各自科室的主任，但性格和言行举止却截然相反，真的无法想象这样的两个人会在自己面前如此斗嘴。

“所以呢？你该不会是特意来这儿决定谁先死的吧？”

“听说今天内科门诊死了一个人？”

真琴心中一惊。

“啊，是肺炎恶化，试着做了心肺复苏但没有抢救回来。怎么了吗？”

“死者家属希望进行病理解剖吗？”

“不，不希望。”

“把遗体送到法医学研究室吧，我要进行解剖。”

“你在说什么？”

津久场变了语气。

“你没听到吗？死者家属不希望解剖。没有死者家属的许可是不能进行病理解剖的。”

“我相信会有办法的。”

“你听好了，这既不是意外死亡，也不是离奇死亡，是病死了。而且是在医大的病床上，实施了心肺复苏以后死亡的。这种情况还有什么解剖的必要吗？”

“有好奇心不行吗？”

“什么？”

“就是所谓的，对知识的好奇心，你也有的。”

“可这是典型的肺炎病例，哪里有余地让你产生好奇心？”

“对我来说，所有的尸体都会让我产生好奇心，没有例外。”

这确实是光崎能说出来的话。如果放在平时真琴会习以为常地叹口气，表示无可奈何。

但是这次情况不一样。

“你打算如何说服死者家属接受解剖？”

“我这就想。或者先解剖，解剖之后再想办法。”

“你不能这样做！”

真琴本能地脱口而出。

光崎不明所以，一脸惊讶地看向她。

说出的话如泼出去的水，既然覆水难收，那真琴只能硬着头皮继续说下去。

“光崎教授您这么做太蛮不讲理了，也应该稍微考虑一下死者家属的心情吧？”

“你这是突然怎么了？”

“什、什么叫对知识的好奇心啊？用好奇心来衡量人的生死您觉得自己伟大吗？法医学是比人的尊严还高尚的学问吗？”

光崎如往常一般紧蹙着眉头。不知到底是心中不快，还是在认真思考。

但她也已经管不了这么多了。

“一年三百六十五天，天天面对着尸体，所以已经体会不了活人的感情了是吗？死者是个二十多岁的女孩子，她还没结婚，本来该快乐幸福地生活下去。但是现在却香消玉殒，身边的人都悲痛欲绝，为什么你却非要马上对她进行解剖呢？而且，你说的好奇心算什么？学术和人心到底哪个更重要？”

光崎环抱双臂短暂地沉默了一会儿。真琴抗议的话音刚落，他就朝这边走了过来。

“人心会说谎。但学术揭示的真理永远不会说谎。”

“那你迄今为止非要选择有既往病史的遗体来强行进行解剖，也是为了满足这种对知识的好奇心吗？”

真琴还想继续抗议，但被光崎一把拉住。这不是一个老年人该有的强劲力道。

“打扰了。”

他转过身，对津久场说道。

“嗯，的确挺打扰的。”

“这位大小姐我就带走了。”

“没关系，但你现在说的话可能会被认为是职场性骚扰哦。”

“哼！谁怕似的。”

“……随你的便。”

真琴被光崎半拖半拽地从房间里带了出来。手上的力道依旧强劲，真想不到如此衰老矮小的身体里竟然蕴藏着这么强大的力量。

“请、请放开我！”

“再等一会儿。”

光崎的语气不容分说，但他也的确没有食言。一到法医学研究室，光崎就松开了手。

还在研究室里的凯茜，被突然冲进来的两个人吓得瞪大了双眼。

“在这儿说吧，就不会打扰到别人了。”

光崎的表情从刚才起就毫无波澜。要想从他紧蹙的眉宇间猜测出他的感情，简直是不可能的。

“你是小孩子吗？”

“您、您说什么？”

“刚才你自以为是地说的那些，全部都是感情用事，而且还是非常肤浅的程度。因为人死了，所以悲伤；因为悲伤，所以不能去探寻事实。应该有比学术更重要的东西。”

光崎依旧用刚才那种高深莫测的眼光注视着真琴。

看不出他有任何情感的波动，但是可以听出清晰的逻辑。

“我要说的是，这种情感不过是脑髓的神经突触间发生电流传递的结果罢了。而且大多数被情感左右得出的结论都是幼稚、草率的——姑且不论是好是坏。”

“我说的话很幼稚吗？尊重我死去的好友、顾念死者家属的心情，这是幼稚吗？”

“那么，我问你，你刚才说我非要强行解剖是吧？但是，你也参加过很多次的强行解剖了，想必你也是认同了即使压抑情感，也要去解剖，所以才会参加的吧？”

“这，这个……也可以这么说吧。”

“你说过那个病人是你的好朋友？”

这个问题作不了假。真琴不情愿地点了点头。

“一旦患者成了自己的好朋友，就会让情感优先于工作。你难道没有言行不一吗？”

虽然被刺到了痛点，但真琴现在已经顾不上这些了。

“我的确言行不一。但是生而为人，这不是很正常的吗？任何人都会对解剖自己亲友的尸体产生抗拒吧。”

“你这样还算是一名医生吗？”

“医生也有感情啊！”

“我并不是在跟你讨论医生有没有感情。我是在问，你是不是在以‘是不是亲友’这条标准来区别化对待病人？”

真琴一时语塞。

她明白光崎所说的意思。

“根据是不是亲友来改变态度，这种行为就会导致检查与治疗的不同。这是比医德更基本的问题。难道你不这么认为吗？”

虽然不甘心，但光崎说得确实在理。真琴能立即想到的反驳话语也不过都是借口而已。

即便如此，真琴幼稚的感情也使得她不愿低头。

“光崎教授一口一句道理，但你认为仅凭这些大道理就能理解人的一切吗？”

“你现在这样子，就是在逃避思考我提出的问题。”

光崎的语气是一成不变的冷静。

“立誓忠诚于学术的人却否定了理论与逻辑，你认为合适吗？我没说要理解一切，但你却在试图忽视一切。”

“那你到底是想要我怎么做？”

本来自身的理论武装就很薄弱，又只能被光崎一一驳倒。而这句话一说，就等于是发表了投降的失败宣言。

“说服她母亲，同意我们来做病理解剖。”

“这……”

“进行解剖是为了查明死因。你是死者的好朋友，家属或许会听你的话。”

“我拒绝。”

真琴一口回绝。无论怎么样，她都不能接受这个提议。

“面对一位正沉浸在悲伤中的母亲，我作为好朋友，怎么能说出这种话？”

“这不是为了她的母亲，这是为了死去的患者。”

“我完全不能理解为什么必须要解剖！刚才津久场教授不是也说过了吗，既不是可疑死亡，也不是意外死亡，是在这家医院的病床上死去的，为什么非要解剖呢？”

“那不过是津久场的片面之词。”

一瞬间，真琴都怀疑自己的耳朵。

这位老教授到底在说什么？

“原、原来是您不相信津久场教授的诊断？”

“没有什么是绝对可信的。内科的医护人员以及你所看到的，不也只是患者的外表和测量仪的数值而已吗？就算这些足以判断生死，但却不能查明死因。”

“所有的症状都表明患者是死于肺炎。”

“说到底，症状只是表露出来的东西。要搞清楚内部究竟发生了什么，只能开腹。”

“我坚决反对。”

真琴的理智早已自暴自弃，只剩情感还在负隅顽抗。

“这件事，恕我绝对不会帮忙。”

“这样啊。”

光崎的反应干脆得令人吃惊。

“这样的话，说服家属的工作就交给凯茜医生吧。欸，那个家伙去哪儿了？”

“您是说古手川刑警吗？他刚才出去了。”

凯茜回答道。

“因为光崎教授您一直没有回来，他有些等得不耐烦了，说他还有其他工作要做。”

“哼。看来我跟那个家伙合不来。”

没几个人能跟您合得来吧，真琴在心中骂道。

“把患者的病历准备好。”

“好的。”

光崎会给自己什么处罚呢？

真琴一直在等待指导教授的宣判。

但光崎转过身，仿佛什么事都没发生过一般径直走出了教室。

只留下凯茜和茫然的真琴。

“那个……这是怎么回事？”

“What？”

“对我……没有处罚吗？”

“你说惩罚？又不是在部队，哪里来的惩罚。”

看来自己还没有被赶出法医学研究室。

真琴抚摩着胸口，凯茜又话锋一转：“但是……”

“这是比惩罚更糟糕的结果哦，真琴。”

“为什么？教授看起来好像没怎么生气。”

“你已经被排除在可塑之才之外了。因此没有再拜托你做事情，也没有跟你发火。”

“可塑之才之外？”

“如果我是教授，估计也会做出同样的判断。现在的你，不管是作为法医还是作为学术研究者，都是不合格的。”

不知道凯茜是在哪儿学会的这些话，但就连凯茜也否定自己，这令真琴多少有些震惊。

“对医生来说，这种理性真的有那么重要吗？”

“No，你完全没理解。教授并没有说要无视感情，而是说不要让感情影响理智。”

凯茜跷着二郎腿说道。这种从未见过的傲慢态度让真琴觉得很不舒服。

“真琴，你真的大错特错了。”

“这是因为凯茜医生是美国人，而我是日本人，我们在伦理观和生死观上都有所不同……”

“这点也是 No。这不是国民性和民族性的差异，而是我们同样作为希波克拉底的后裔，是否拥有共同的认知。”

“共同的……认知？”

“你还记得刚到这里时，我给你看的希波克拉底的誓言吗？希波克拉底不以地位和出身来区分病人，不管病人是圣者还是罪人，都不应该区别对待。但真琴你却区别对待了病人，只不过区别的依据从地位变成了感情而已。对了，日语里有更恰当的表达——‘公私不分’，是这个词吧？”

“你太过分了，凯茜医生。”

真琴情不自禁地控诉。

“你说我公私不分……那我反过来问你，凯茜医生，如果有人要解剖你的父母，你能无条件地答应吗？”

真琴也觉得自己气势汹汹的挑衅幼稚无比，说出口之后也觉得十分后悔。

凯茜的眼神突然暗淡了下来。

“那位叫裕子的患者没有父亲是吗？”

“我听说她父亲在裕子五岁时就去世了。”

“是吗……那跟我的遭遇蛮像的。”

“……凯茜医生也是？”

“我是父母离婚了。说起来，我还没跟你说我的经历呢。”

“那你应该能理解裕子母亲的心情吧？这种时候，怎么能开口说要解剖她的女儿？”

“刚才不是问我，如果有人要解剖我的父母，我会不会无条件地答应？我来回答你：我无条件地答应了。”

她话中用的是过去式。

“我在曼哈顿出生长大，你知道曼哈顿吧？”

“在纽约……”

“是的，一般都会给人一种大城市的印象，但正因为是大城市，所以有些地方很危险。我家住在九十六街以北的东区，一个叫作西班牙哈莱姆的地方。”

“很危险，是吗？”

“那里十多岁的小孩都可以随便持枪，所以犯罪率也是市内最高的。”

虽然在新闻和报纸上听过哈莱姆这个地方，但没想到凯茜竟然是来自那里。

“父母离婚了，我和母亲住在一起。有一天，母亲在街上走着突然就被人袭击了，近距离挨了三发子弹，当场死亡。犯罪嫌疑人在奸尸后，还拿了她的包，逃窜消失了。这可不是在深夜发生的事，而是在人来人往的下午三点钟发生的。”

凯茜淡淡地，不带一丝感情地说着，但令人不寒而栗。

“我一从学校回来，就马上被带去了市警察局，在那里我看到了母亲的尸体。我被吓得一句话都说不出来。跟我坐在一起的验尸官就是这么对我说的：‘接下来我们要解剖你的妈妈。这是为了找出杀害你妈妈的凶手并逮捕他。所以希望你能同意。’我其实并不理解为什么解剖妈妈就能找出凶手，但当时那位验尸官看我的眼神非常清澈，所以让我决定相信他。现在回想起来真的是很幼稚，但那时的我确实只是个十多岁的孩子。”

“最后抓到凶手了吗？”

“抓到了。根据射击角度和目击信息推测出了凶手的身形，根据从体内取出的子弹及其枪支膛线确定了枪支的购入地。而且，最重要的线索是残留在体内的精液。根据以上种种线索确定了凶手是统辖附近片区的一个黑帮成员。那是事件发生后的第二十五天。”

凯茜说到这儿，呼了一口气。

“其实我也并不是丝毫不排斥将我母亲的身体解剖，但解剖的确为破案提供了很大的帮助。所以我很庆幸同意了解剖。而且，就算最后没有抓到凶手，我想我也会很感谢解剖我母亲的主刀医生，并不会憎恨他吧。”

“但、但是，这是一段很特殊的经历，不能把它当作普遍的情况来考虑……”

“但从事实来看，都是突然失去母亲或失去某一个亲人，并没有什么不同之处吧。”

真琴哑口无言。即使想说些幼稚的感性理论，也实在想不出什么可以反驳的话。

“你可能会觉得很意外，但我完全支持光崎教授的想法。无论是不是在医院内死亡、是不是在医生同事的监护下被确认的死亡，作为一名法医学者都不该仅凭表象就做出判断。而从情感层面考虑来否定解剖，也不是一个有志从医的人该有的态度。”

不知道凯茜是否有意学习的，但她的用词总是精准清晰，论点和结论都很明确，没给真琴留下任何可以逃避的余地。

“真琴，你应当为没有受到光崎教授责骂而感到羞愧。”

“应当感到羞愧？”

“责骂是因为抱有期待，因为对方没有发挥自己所期待的能力，才会感到愤怒。”

也就是说，真琴没有被责骂，是因为压根儿不被期待了。

真琴心中五味杂陈。无论是作为实习医生的些许骄傲，还是在法医教室累积到的经验，仿佛都在一瞬间土崩瓦解。

“现在还不算晚。你快去说服患者的母亲吧。”

真琴知道，凯茜这是在帮她。

但真琴脑海中的思维依旧被情感支配着。无论光崎和凯茜说得多么在理，真琴都不想向寿美礼提出解剖。

“……不行，我做不到。”

“是嘛。”

凯茜沮丧地垂下了肩膀。

“那就没办法了。我也不知道我不成熟的日语究竟能不能说服得了家属。”

我想应该行不通——真琴没有说出口。

“真琴，你不参与这次的事情没关系，但请不要成为教授的阻碍。就这些。”

公式化地说完这段话后，凯茜便站了起来，没有再看呆愣在那里的真琴，径直地走出了门。

教室里只剩下真琴一个人了。

突如其来的孤立感和自我厌恶感，逐渐麻痹冷却了真琴的身体。

3

结束法医学研究室的杂活回到公寓的时候，已经是晚上十一点多了。

真琴立刻冲进浴室。除了要洗掉沾染在头发和皮肤上的那股解剖室独有的臭味以外，今晚还有其他的东西需要冲洗。

真琴把脱下的衣物扔进洗衣机，整个人浸泡在比平时更热的水中，终于觉得像又回到了人间。

真琴的身心逐渐放松，意识也慢慢涣散，但她的脑海中却一直萦绕着光崎和凯茜说的话，挥之不去。

“立誓忠诚于学术的人却否定了理论与逻辑，你认为合适吗？”

“不管病人是圣者还是罪人，都不应该区别对待。但真琴你却区别对待了病人，只不过区别的依据从地位变成了感情而已。”

啊！走开！

真琴粗暴地晃着头，使劲儿用热水拍打着脸，试图以此来驱散脑海中的声音，但并不奏效。真琴这才意识到，这两个人在自己心中的分量早已变得如此之重。

当被凯茜指责公私不分的时候，真琴还觉得是她又和平常一样在乱用日语词汇，但随着时间的流逝，真琴越来越觉得凯茜的用词十分精准，直击人心。

公私不分，是真琴最讨厌的词汇之一。每当真琴听到这种新闻报道，都会皱眉头。有些老大不小的人，尤其是有些公务员，总将私事掺杂到工作中，简直不可理喻。公务员的工资来自人民纳税，然而，却有很多人以权谋私，利用自己的官衔和地位牟取私利私欲。坦率地说，她认为为了让世界能发展得更好，这种腐败的公务员还是趁早死掉的好。

但真琴从未想过自己有一天也会背负公私不分的骂名。虽然自己不是公务员，但也是由国家支付工资，在这一点上是相同的。虽然自己没有以权谋私，但却让私人情感影响了工作，在这一点上也是一样的。

真琴感觉自己的心底积存了很多污泥，怎么洗也洗不干净。

从浴室出来后换好衣服，真琴把从附近便利店买的便当放进微波炉加热。她以往都是自己做饭吃的，但今天完全没有心情。

听说由于受到过度竞争的冲击，近来便利店售卖的便当都不容小觑。但无论如何，速食产品就是速食产品。真琴木然地将热气腾腾的蛋包饭放进口中咀嚼。

简直味同嚼蜡。

还没吃到一半，真琴就放下了筷子。

自己究竟为何如此抑郁苦闷，难以释怀呢？原本去法医学研究室实习，就只是遵从津久场的指示而已，自己对法医学也没什么兴趣。当初的她甚至还怀疑，作为一门既不能治疗疾病也不能延长寿命的医学，法医学的存在到底有什么价值。

但在光崎和凯茜手下工作了一段时间后，真琴慢慢知道了法医学的深奥之处以及存在的意义，渐渐地变得难以割舍。虽然还没有习惯法医学研究室独有的腐臭味，但每次看到手术刀在光崎的手中被运用自如，都觉得受益良多。这也是理所应当的。如今已经完全熟悉了，执刀的人可是这个领域的权威。如果每次听他讲解的时候都无动于衷，那这样的人应该没有资格当一名实习医生。

其实细说也简单。本来只是把这里当作一个暂时实习的地方而已，但没想到却对这里产生了感情。不对，说不定，自己已经完全被这儿迷住了？

正因如此，光崎和凯茜的话才更加刺痛真琴的心。

自己已经不能再回那个地方了吗？一想到这儿，真琴就干什么都提不起来劲儿了。扔掉吃剩的便当，然后打开了电视，屏幕里，一位年轻的搞笑艺人正在努力制造笑料，但真琴觉得一点儿都不好笑。忍无可忍，她关掉了电视。

房间一下子恢复了冷清与寂静。

这样下去肯定睡不着，干脆喝点酒吧——正在这么想的时候，手机来电话了。

屏幕上显示的是“妈妈手机”。

“喂，真琴？”

一听到仁美的声音，真琴的寒意瞬间消失，一股暖流缓缓涌入胸口。

“喂。发生什么事了吗，妈妈？”

“你这个孩子真是的，没事我就不能给你打电话了吗？”

“不，不是这个意思。”

妈妈的电话总是来得那么及时。在真琴伤心难过的时候，只要一听到妈妈的声音，心情就会好很多。

以前也是这样。妈妈好像一直在某处守护着自己似的，每当自己情绪低落的时候，就会立刻打电话过来。

“我听说了，柏木家的裕子去世了。”

“你、你怎么知道的？又没有刊登在报纸或电视上。”

“你不知道吗？本地人去世的话，会在地方版的吊唁栏上写上名字的。最先在报纸上看到裕子名字的是邻居家的太太。”

消息应该就是从那位太太口中传出来的吧。家庭主妇们的情报网果然不容小觑。

“我听说的时候真的吓了一跳。裕子就是那个经常来我们家玩的孩子吧？”

“嗯。”

“我总感觉这就像是自家事一样。”

“是吗？”

“是啊，你们同龄，彼此还很熟悉。”

原来除了家人和朋友以外，还会有人这样去悼念死者。虽说有些微不足道，但裕子也一定会感到幸福的。

“听说裕子得的是肺炎？你肯定是经常去看望她吧。”

“嗯。”

“一定很辛苦吧。”

“虽然她表现得一直是精力充沛，但体力下降的话，免疫力也会跟着下降。”

“我说的不是裕子，而是你。裕子是你最好的朋友，所以我想你一定很难过吧。”

在这一瞬间，真琴的内心防线决堤了。

一直努力压抑的感情，如洪流一般喷涌而出。

泪水的阀门一旦打开，就再也止不住了。激动的情绪一拥而上，眼泪夺眶而出。没有人在这儿，没有人看得到自己的脆弱，这种安心感使得真琴得以放肆地哭泣。

啪嗒啪嗒。眼泪一滴一滴落在了地板上。

真琴如同孩童一般大哭着。

母亲真的是无所不知的吧，要不怎么会这样准确地戳中女儿的弱点呢？

真琴哭着的时候也一直没有挂断电话。在抽泣终于稍微平息后，真琴再次拿起手机，听到那边传来母亲装作若无其事一般的声音：“……好点了吗？”

“嗯……好多了。”

“你陪着裕子到了最后一刻吗？”

“是的，但是我作为实习医生，却只能在旁边干着急。简直太没用了。”

“那就为了今后不再这么无能为力而努力积攒实习经验吧。坚持下去。”

“但是我……我真的很想帮帮裕子。”

“你在她临终之前一直有去照看她不是吗。对现在的你来说，还能为她做更多吗？既然已经尽了自己最大的努力，就不用感到后悔。”

“但是……”

“你要清楚自己的能力范围在哪儿。目前的你，还没有能够左右人生死的能力。”

虽然是严厉的话语，但真琴明白，母亲是希望她不要太过于自责。那份温柔深深浸润进真琴的心脾，令她又有些想哭了。

“嗯。你们看着吧，我很快就会成为一名优秀的医生。”

“不知道我和你爸爸还能不能活着看到那一天呢 。”

“啊？你们俩是身体有不舒服的地方吗？”

“完全没有，我们健康得很。我只是想说，不知道究竟是我们两个人会先衰老死去，还是你能先独当一面呢？”

“呸，别说这种不吉利的话！”

“但是我和你爸爸看起来都会长寿，所以你不用太担心。大学里有值得尊敬的老师或前辈吗？”

脑海中一下子浮现出了光崎和凯茜的面孔。为此真琴感到十分惊讶。

“怎、怎么问这种问题？”

“一旦在班上或是社团活动中遇到值得尊敬的人，你就会不顾一切地想向他靠拢。你从以前就是这种类型的人。”

母亲果然是无所不知的。连真琴不太想承认的事，妈妈都一直记得。

“所以……有这样的人吗？”

“有、有吧。”

“那，你交男朋友了吗？”

真琴万万没想到，这次瞬间浮现出来的竟然是古手川的面孔，她惊得呛住了。

“为什么会扯到这种事情呢？你就别管了。”

“我当然得管。当你以后再有情绪波动的时候，如果身边没有可靠的人，妈妈会很担心的。”

“别这么担心啊！我才二十多岁。”

“四舍五入不就三十了嘛。不行啊，不能找这种借口逃避。五年十年的时光转瞬即逝，如果不早点找个好男人攥在手里，往后就会越来越难找。眼光太高的话，到头来吃亏的是你自己。对结婚对象的期待值，就跟税收一样，越低才越好哦。”

“……我要挂了。”

“哎呀，你这么抗拒谈恋爱吗？”

“倒也不是抗拒。”

“那不正好？”

现在想来，真琴从来没有在和母亲的争论中获胜过。毕竟母亲从给自己换尿布的时候起就很了解自己了。招架不住她的连环轰炸也是在情理之中。

真琴突然想问一个问题。

“妈妈，我问你，如果我生病死掉了的话……”

“等一下！你怎么突然说这种话，身体哪里不舒服吗？”

“如果！我是说如果！真是的。先不管是死于生病还是事故，如果我死了，但死因存疑，你会同意对我进行解剖吗？”

“解剖啊……”

仁美沉默了。毕竟这不是插科打诨就能糊弄过去的玩笑话题，所以应该是在慎重地考虑吧。真琴想象着电话那一头母亲困惑苦恼的样子，不免有些后悔问了这个问题。

“这个嘛，如果是我的话，会同意解剖。”

“哦？你能忍受你正值妙龄的女儿身体被刀子划开？”

“我能不能忍受不重要，重要的是你会在意。”

“什么？”

“因为你是对不清不楚的事情必须要追查到底的性格。如果要尊重死者本人遗愿的话，那一定是哪怕要进行解剖，也必须得弄清事情的真相，不是吗？”

原来还可以这么想。

真琴豁然开朗。

“你……是不是在纠结该不该对裕子进行解剖？”

“……你是怎么知道的？”

“我怎么知道？你话都说到这个份儿上了，我不知道才奇怪吧。这不是一件容易的事。但只要抛开自己的悲伤情绪，想想裕子自己到底会希望选择哪一个就可以了。”

裕子的遗愿。

真琴想起了生前的裕子。裕子总是温文尔雅，很少强烈坚持自己的主张。但她和真琴是一样的性格，如果对某件事抱有疑问，那么一定会追根究底直到自己信服接受为止。

光崎的话再次回荡在脑海中。

“内科的医护人员以及你所看到的，不也只是患者的外表和测量仪的数值而已吗？就算这些足以判断生死，但却不能查明死因。”

真琴回想起迄今为止由光崎查明的案件。盲点、错误、隐瞒，他不就是将这些如果置之不理就会被埋葬在黑暗中的真相大白于天下吗？

这次的事也不是那个男人的一时冲动。不，原本光崎就从来没有因为单纯的一时冲动而进行过解剖。

是自己对好友的离世太过于在意，反而被蒙蔽住了双眼。如果光崎坚持必须要解剖的话，那应该是存在着一些不应被忽视的东西。

“谢谢您，妈妈。”

“嗯？谢什么？”

“您解开了我心中的疙瘩。”

“哎呀，那真是太好了。既然你的烦恼都烟消云散了，那就趁此机会赶紧找个好男人……”

“晚安！”

真琴强行结束了对话，挂掉了电话。

沉积在心底的污泥消散了许多。之后该如何将剩下的残渣也消除干净，真琴心中已经有了答案。

等着看吧，今天这个没出息的我。

第二天，真琴比平时稍早一点来到了法医学教室。过了一会儿，凯茜准时出现。

“早上好！”

“Good morning，真琴！你今天来得真早啊。”

“凯茜医生，裕子的遗体怎么样了？”

“因为津久场教授已经写好了死亡诊断书。遗体昨晚就被殡仪馆运送到家里去了。”

殡仪馆都来了，这就意味着寿美礼已经准备好了丧葬的相关事宜。如此一来，守灵仪式应该也会在一两天之内举行。近来，由于考虑到列席者可能会有诸多不便，所以很多地方都是只守个半夜就结束。守灵的第二天会举行告别仪式，之后遗体就会被送往火葬场。

也就是说，只剩两天的时间了。

“殡仪馆的人来的时候，我也曾试图劝说裕子的母亲同意解剖，但她完全没有理睬，我只能默默地看着遗体被运走。”

“你是怎么劝说她的？”

“我说，我以法医学者的立场，请你务必要同意我们解剖你女儿的遗体。”

“……就说了这些？”

“就说了这些。然后她的情绪就变得很激动，所以没法再继续跟她沟通。”

在真琴的意料之中。凯茜的说话方式是典型的欧美式谈判，但这根本无法打动在乎情感的日本人的心。

“但是我并不打算就此放弃。我今天还会去她家里游说。”

“我跟你一起去。”

真琴说完这句话，凯茜便盯着真琴看。

“你不是去妨碍我的吧？”

“恰好相反，我是去给你打辅助的。”

凯茜盯着真琴的眼睛看了一会儿，终于露出一副看穿什么的表情，低声说了句：“Good！”

“那我们赶紧出发吧。”

“那个……你这么快就接受了吗？虽然我对此很高兴。”

“昨天的真琴不相信任何人。但今天，却是相信人的眼神。”

凯茜笑得咧开了嘴。

“这个理由还不够充分吗？”

当真琴和凯茜换乘电车到达柏木家时，他们已经开始做守灵的准备了。

玄关的大门敞开着，几名胳膊上戴着黑纱的殡仪馆职员进进出出。凯茜和真琴从职员中间穿过去，向房间里面走去。

裕子之前房间里的桌子、床等都被搬走了，整个房间空空荡荡的。房间的正中央放有一套床褥，裕子就躺在上面，脸上盖着白纱。

枕边放着祭坛，床褥周围放置了干冰，寿美礼则蜷缩在一旁。

“阿姨。”

“啊……是真琴啊。”

转过头来的寿美礼，面容枯槁不堪，就像一朵失去水分而枯萎的花朵。以前虽然面容憔悴但至少表情还有些神采，如今却整个人死气沉沉、毫无生机。仔细想想，从确认是否要进行病理解剖的时候开始，真琴就没有再见过寿美礼了，但真的没想到她会变成现在这个样子。

偶尔瞥向凯茜的眼神，也充满着绝望。

“你来得真早啊。葬礼的请柬上写的守灵是中午才开始的……”

“我还没收到请柬，自己就先过来了。”

“对不起，现在手忙脚乱的……请稍等一下，我现在去给你们沏茶。”

真琴赶忙拉住正要急忙起身的寿美礼。

“阿姨您是丧主。您应该守在这儿，快请坐下吧。”

“可是，我得招待一下你们……”

“我们又不是为了受您招待才来的。”

正当真琴打算告知寿美礼此次来访的目的时，盖着布单的木制棺材被从门口处抬了进来。

看来接下来要入殓了。

真琴对凯茜耳语道：“这可怎么办啊？在这种时候，怎么开得了口说要解剖裕子的遗体啊！”

“为什么开不了口？”

“为什么？马上就要入殓了欸。在这种时候，就算我提出解剖的请求，也绝对不会得到同意。”

“那么，在什么时候提出请求会比较好呢？这是我第一次参加日本的葬礼。”

真琴试图调动自己脑海里薄弱的知识储备来回顾葬礼的流程。

遗体入殓后，做好其他准备，棺材就会被送到殡仪馆。然后经过一晚的守灵，第二天便会举行告别仪式。显然，所有嘉宾都在场的时候，也不适合进行有关解剖遗体的交涉。

只能抓紧遗体被运送到殡仪馆前的这一小段时间了。

但是，交涉的重任不能交给凯茜。寿美礼看起来已经心灰意懒，如果在这种时候，凯茜再次用她那种说话的方式提出解剖的话，恐怕会引起纠纷。

正当真琴思索着如何是好的时候，棺材已经被安放在了裕子旁边，殡仪馆的职员恭恭敬敬地低着头。

“接下来，进行入殓仪式。”

入殓仪式是为死者净身，然后换上换寿衣的一种仪式。一般来说，除了入殓的工作人员之外，死者家属也会参加。

“阿姨，其实我有话要说……”

“对不起，真琴。虽然你是裕子最好的朋友，但这是我身为裕子的母亲该做的事情 ，所以请你谅解。”

“不好意思，死者家属以外的客人请到其他房间等候。”

一名员工表面恭敬，却用蛮力将真琴和凯茜直接推出了房间。

“阿姨！”

当真琴再次呼喊寿美礼的时候，她取掉了覆盖在遗体脸上的白布。

那一瞬间，真琴看到了裕子的脸。

一张毫无血色，脸颊和嘴唇都已发青的脸。

真琴见此，一时间竟说不出话来。“解剖”两个字都已经到了嗓子眼，又被硬生生地吞了回去。

被安排到了另一个房间之后，真琴也只能像个没头苍蝇般在房间里来回踱步。房间的角落里随意堆放着桌子和床，看来是把裕子房间里的东西暂时存放在了这里。

“是叫入殓吗？真琴，现在不可以进去吗？”

“从遗属感情上来讲，显然是不可以的。”

“你不就是因为感情总是优先于理智，所以才让光崎教授受不了你的吗？”

“确实是这样，不过在清洁遗体的过程中提出解剖，一定会被看作没有常识的。不是我，而是浦和医大的法医学研究室会被这样看待。”

“常识这种东西，会随着你所在的世界、所处的立场而变化的。我们都有属于我们自己的常识。”

话音刚落，凯茜就走出了房间，朝着举行入殓仪式的房间走去。

“凯茜医生！”

真琴想伸手拽住凯茜，却没能抓到。凯茜走得实在太快，真琴完全追不上，于是她就这么横冲直撞地闯入了正在举行入殓仪式的房间——然后立刻被轰了出来。

“这也是不同文化的冲突啊。我跟他们说，如果要给遗体进行消毒的话，来法医学研究室是最合适不过的了，可他们压根儿听不进去我说的话。”

“这不是不同文化的冲突，而是一个恶劣的黑色笑话。”

“殡仪馆的人简直就像是遗体的保镖。我们得设法支开他们才能有机会说服这位母亲。”

就算“遗体的保镖”这个形容并不十分恰当，但也相差不远。他们的职责就是保障葬礼能够顺利完成，直到遗体火化结束，甚至就连骨灰下葬也全部都归他们管理。

“在入殓结束后，守灵开始前，我会再试着去说服寿美礼。”

一旦守灵仪式开始，就真的无计可施了。如果要向寿美礼提出解剖，就必须赶在守灵开始之前开口。

然而，凯茜似乎被角落里的床和桌子吸引住了，她饶有兴致地开始检查床单和抽屉。

“真琴，你为了看望病人的情况来过这里很多次，对吧？”

“是的。”

“她服用的药一般都放在哪里？”

“因为是饭后服用……所以应该不在这儿，而是在厨房吧？”

“带我过去。”

真琴来过裕子家很多次，所以很清楚房间的布局。她不明所以地把凯茜带到了厨房后，见凯茜立刻开始一个柜子一个柜子地翻找。

“你、你在干什么啊？凯茜医生？”

“你也帮帮忙，找一下给她开的处方药。”

“为什么要找这个啊？”

“只有现在，殡仪馆的人都待在房间里，我们才有机会。没多少时间了，快点儿找吧。”

凯茜很少用如此急迫的语气说话，真琴被她的急切感染，也加入了搜索大军。两人稍微翻找了一会儿，就在调料架上找到了目标物。

“是加雷沙星，对吧？”

凯茜晃动着口服药袋，仔细观察了一下里面的东西，然后抬起头来。

“真琴，你不觉得奇怪吗？”

“奇怪？这确实是加雷沙星的胶囊啊。”

“奇怪的不是药物种类，而是剂量。根据包装上的记载，这袋药是在两周前交给患者的。一天服用两次，算一下时间，按理说药应该已经吃完了才对。”

但口服药袋内的胶囊还剩了起码十粒以上。

“这……”

“如果不是中途停用了，就是减少了服用的次数。”

不知道是不是为了留存证据，凯茜拿出自己的手机开始对药袋和剩余的胶囊拍照。

请按照用法、用量正确服用——这是药品的常用标志。也就是在说，如果不按照用法用量正确服用的话，就无法达到预期的药效。

“无论有多适应病原体菌，如果用药的剂量被人有意减少，那么症状恶化也就不足为奇了。”

“怎么会！你是说裕子故意减少了药的用量吗？”

“No，药袋里只剩下这么一点药，说明比起患者本人，在饭后为患者准备药的人动手脚的可能性更高。”

“阿姨……但、但是，也有可能只是不小心弄错了。”

“这也是No。患者是从去年开始服药的吧。如果是不小心弄错的话，那么在刚开始的两周就会发现胶囊有所剩余，这样就一定会注意到剂量的错误。但却一直延续重复这个错误，这在逻辑上说不通。”

虽然令人难以置信，但真琴对凯茜的推论无可辩驳。寿美礼为什么会做出这样的举动——怀疑让真琴心中一片灰暗。

真琴想查清事情的真相。就在这么想的时候，寿美礼好像看准了时机似的，来到了厨房。真琴慌慌张张地把药袋藏在了身后。

“我还在想你去哪儿了……原来在这里。要喝茶的话说一声就好，我来泡。”

“不，那个……阿姨，入殓的时候您不方便走动，我就是把这里当自己家，擅自……对不起。”

“没关系的，真琴你又不是外人。噢，很快就要开始守灵了。如果没时间换衣服的话，你们两个就这么参加也可以。”

失去感情的声音。真琴决定抓住这次机会。

“阿姨，我有个请求。”

“什么？”

“裕子她……请让我们解剖裕子的遗体。”

寿美礼的态度骤然改变。

“连你也要说这种话吗？明明刚刚才洗净了她的身体，现在却又要用刀把她切开吗？”

真琴瞬间被自己是个恶人的负罪感裹袭，但她忍耐着这种痛苦，继续说下去。

“您难道不想查明裕子真正的死因吗？”

“如今，死因什么的已经都无所谓了。”

这种自暴自弃的回答，刺痛了真琴的心。

“裕子已经死了。请不要再做任何伤害她身体的事。你不是她的好朋友吗？”

“正因为裕子是我的好朋友，所以我更想要弄清楚。”

“那孩子是属于我的，并不属于你。”

寿美礼似乎想用冰冷的话语来结束这段对话。

再坚持下去真的是难上加难了。正当真琴快要气馁的时候，身后的凯茜抛出了撒手锏。

“你为什么减少了病人的用药？”

寿美礼的表情瞬间凝固。

“不仅如此。虽然刚才只看了遗体一眼，但死者双腿的肌肉都已经萎缩，全身都有废用综合征的症状，看起来好像完全没有做过运动，但这真的是患者自己的要求吗？或许也有可能是你故意让病人长期卧床不起吧？”

“滚出去！”

寿美礼半吼半叫地嚷道：“你们两个马上给我滚出去！”

丧主下了逐客令，真琴和凯茜不得不暂时离开了柏木家，真琴连守灵也不能参加了。这样一来，就必须赶在葬礼开始前想办法再次跟寿美礼交涉。

第二天，两人换上丧服，前往殡仪馆。

但是两人在接待处就被拦住了。显然，工作人员们都已经接到了寿美礼的指示，二人刚在人名册上写下名字，旁边的工作人员就拒绝她们入场。

“对不起。根据丧主的要求，您二位不能参加葬礼。”

这是真琴第一次在葬礼上吃闭门羹。虽然真琴有些失落，但凯茜却完全不在意。

“她不让我们进去，这让我更加怀疑她了。”

“凯茜医生还是认为，是裕子的母亲有意让她的肺炎恶化吗？”

“因为目前还没有其他说得通的假设。”

“那么，动机到底是什么呢？难道是想骗保险金吗？”

“比起我，真琴你更了解患者家庭的情况，你应该更能做出正确的判断。关于母女亲情以及金钱的问题，我给不了任何有价值的信息。”

确实如同凯茜所说的那样。但真琴知道，柏木家经济困难，所以寿美礼不可能给裕子买大额的保险。而且母女两人一直相依为命，情感深厚，这对从高中时代就经常出入她家的真琴来说，也是无法撼动的事实。

“无论是情感问题还是金钱问题，我都想不出寿美礼有什么动机。”

“那么，患者有没有自杀的倾向？”

“裕子一直竭尽全力地想活下去，怎么会自杀……”

“母女之间没有争执，找不到与金钱有关的动机，也没有自杀的理由。如果是这样的话，那我能想到的可能性只有一个，寿美礼有可能患有代理型孟乔森综合征。”

代理型孟乔森综合征——听到这个病的名字，分散在脑海中的各种碎片慢慢拼凑成了一幅完整的图画。

孟乔森综合征，是一种是为了吸引周围人的关心而假装生病的病症。而代理型孟乔森综合征的特征就是会将生病的对象转移到除自己以外的亲人身上。也就是说，通过向别人展示自己拼尽全力护理亲人的样子来获取周围人的同情，获得自我满足。

即使真琴提前通知了要来看望裕子，也丝毫没有打算掩饰憔悴神色的寿美礼。

向身为实习医生的真琴传达裕子的各种病情，表现得十分坚强的寿美礼。

这样的寿美礼，如果是她减少裕子的用药剂量、将裕子束缚在床上不让她进行适度运动的话，那么她真的很可能是代理型孟乔森综合征。

如果是这样的话，那裕子就不是病死的。

而是被谋杀。

“根据最近的统计数据，遭受虐待致死的儿童中，有一部分就是因为父母患有代理型孟乔森综合征。这绝不是罕见的病例。”

“但是，这件事我们该如何证明呢？”

“如果是非自然死亡的病例，那么证据一定会残留在体内。那位母亲是不是本能地害怕这个呢？”

所以寿美礼才坚决地反对解剖——只能这么解释。那么就越来越有进行解剖的必要了。

但当诵经的声音从葬礼上传出时，两人已经失去了入场的时机。不管多么有必要进行解剖，两人也不是警察，也不能做出抢劫棺材这样的举动吧。

就在二人束手无策的时候，葬礼已经进行到了下一个环节。

由诵经的僧侣烧香，接着奉读悼词。由于在外面能听到司仪主持的声音，所以可以大概了解葬礼的进展情况。

听着司仪的声音，真琴又饱受疏离感的折磨。明明是最好的朋友的葬礼，但自己却只能站在殡仪馆外，就连在灵前双手合十、为逝去的好友上一炷香都不被允许。

懊悔和愧疚侵蚀着真琴的内心。想要查明真相——就为了这一个目的，到底要牺牲掉多少东西呢？

在奉读悼词之后，开始由列席的人们上香。上香结束后，便是盖棺，丧主致辞，而后葬礼的流程就全部结束了。之后灵车就会把遗体运送到火葬场。到那个时候，就真的是无能为力了。

真琴和凯茜多次尝试入场，但都被殡仪馆的工作人员拦住了，一步也踏进不去。

终于，丧主寿美礼的致辞貌似开始了。

“裕子去年开始卧病在床。之后我们母女二人拼命地和病魔抗争，但我的看护还是无法阻挡病魔，裕子最终还是离我而去了……”

是吗？真的是这样吗？

裕子真的不是为了你的自我满足而牺牲的吗？

真琴按捺住自己想大声叫喊的冲动，继续和工作人员软磨硬泡。

“求求你了，就放我进去吧。我还想见裕子最后一面。”

“虽然我不知道发生了什么事，但这是丧主的指示。我是不会让你们进入现场的。”

交涉无果。就在真琴努力的时候，灵车已经恭恭敬敬地停在了礼堂前。

寿美礼的致辞也结束了，终于到了出殡的时刻。

“对不起，请你们不要靠近丧主和棺材。”

在强壮的工作人员的驱逐下，真琴和凯茜被迫远离灵车。抱着裕子遗像的寿美礼走在前面，紧跟着盖着布的灵柩被搬了出来。

“阿姨！”

寿美礼听到了真琴的声音，但只是向这边瞥了一眼。

两人的挣扎毫无效果，灵柩被静静地放在灵车的台面上。

“出殡！”

以工作人员的声音为号令，灵车缓缓驶出，对列席的人们发出了哀伤而悠长的鸣笛声。

“裕子……”

真琴使尽全力放声大叫。

你还不能走！

我还没听到你最后想说的话！

但真琴未能如愿，灵车已经慢慢驶出了会场。

再也拦不住了——正当真琴这样想着。

突然一阵鸣笛声打破了这份寂静。一辆警车从岔路口驶出，挡住了灵车前行的路。

灵车停了下来，从警车里下来了一名男子。

是古手川。

“我是埼玉县警察。请停止将遗体运往火葬场。”

凯茜如释重负般低声说道：“终于来了。这家伙怎么总是踩着点儿来，真让人恼火。”

古手川从怀里取出一张纸，在列席者面前展开。

“这是鉴定处分许可书。从现在起，遗体将被送往浦和医大，立即进行司法解剖。”

4

“话说回来，古手川刑警，你刚才的表现可真是太精彩了。”

在到达法医学研究室后，凯茜张开双手尽情称赞。

“你当时闪亮登场的样子，简直就像是《水户黄门》一样呢！这是古手川刑警发挥出来的一流演技吗？”

与之相对，古手川一脸想抗议的表情。

“拜托，凯茜医生，仅凭手机发送过来的一张药袋和胶囊的照片就想拿到许可书，这是相当困难的。花费一点儿时间不是理所应当的吗？不要这么讽刺我了。”

“请问，古手川刑警，裕子的母亲呢？”

“啊，你说那个人啊。一说要在这边进行解剖，就闹得很厉害。我稍微听说了一点儿情况，代理型孟乔森综合征，是吧？我正在和精神疾病专科的医生联系。”

“如果被诊断为精神疾病，会减轻处罚吗？”

“怎么说呢。之前在久留米和京都发生过类似的案件，但刑法第三十九条似乎不适用于此。”

裕子去世了，现在寿美礼也要被问罪。虽说这是罪有应得的，但真琴的心情却轻松不起来。

大概低落的心情都写在了脸上，古手川不同以往地用宽慰的语气说道：“好了，她母亲的事就交给我们吧。真琴医生应该也有自己的工作吧。”

古手川用大拇指使劲指了指后面。

解剖室。裕子应该在那里等着对真琴传达最后的话语。

是啊。那里才是属于自己的地方，也是自己的战场。

很快真琴就和凯茜一起换好了衣服，走进了冷冰冰的解剖室。

俯视着躺在解剖台上的裕子。正如凯茜所说的那样，只有下肢的肌肉萎缩了，与上肢相比显得很不协调。原本就白皙的肌肤变得更加通透，而且光滑得没有一丝瑕疵，看起来宛如一件艺术品。值得安慰的是，裕子的神情十分安详。

真琴努力压抑心中涌起的万千思绪，对裕子低语。

来吧，跟我说说，你最后想对我说的话。

“那么，开始解剖。”

光崎用一如往常的语气宣布由自己执刀。

“解剖对象是二十多岁的女性。虽然身体表面无特别之处，但下肢有酷似废用综合征的肌肉萎缩症状。内科诊断的结果是肺炎导致的死亡，解剖也以肺部为中心进行。”

手术刀直插胸部。在裕子胸腔被切开的那一瞬间，真琴也没有退缩，而是努力睁大了双眼。血珠沿着皮肤的切开线，一滴一滴地涌出。

光崎打开两侧的皮肤，接着切除肋骨，略带一点褐色的肺部就显露了出来。但是，在解剖肺部之前，光崎的手指先游走到了心脏。手术刀悄无声息地切开了心脏。

“心脏外观看起来心尖部略钝，右心室扩大明显。右室壁比正常偏厚，考虑是右室本身肥大。另外，两室及内膜下都有中等程度的脂肪变性。”

接着切开了肺部，肺泡内部转眼间露了出来。

“首先为了向内科表示敬意，进行肺炎症状的确认。但是，你们两个看看，这看起来像是得了肺炎的肺泡吗？”

真琴和凯茜把头靠近切开部位，看了之后感到十分诧异。

因为肺泡内几乎没有看到炎症。

“当宿主细胞识别到支原体表面的脂蛋白时，作为免疫细胞的巨噬细胞会被激活而产生炎症。但这个肺泡几乎看不到炎症。”

真琴和凯茜面面相觑。

那也就是说，裕子得的不是肺炎？

“但还是有一点残存的炎症痕迹，所以可能是通过治疗已顺利治愈。恐怕致死的直接原因不是肺，而是这里。”

光崎指的地方，是左肺动脉。

动脉的主干部分，异常肿胀。

“切开动脉主干。”

手术刀像机器一样精准地划开动脉。打开一看，动脉的主干因为血栓几乎已经完全堵塞住了。

“栓塞周围的肺可见实际出血，出血范围达到支气管。此外，栓塞的部位中有部分已经遭受到了纤维芽细胞的侵入。这表明，至少在一周以前就存在了血栓机化[①]。左上叶也有栓塞，这里也有机化。流向右肺、下叶的肺动脉也是一样。”

光崎的手指不慌不忙地四处游走，手指指向的部位都有血栓栓塞。

到底怎么回事？肺里怎么全都是血栓？

“整个肺的肺动脉血管壁均有肥厚的症状。因此可以判断出，死者从以前开始就有肺部高血压，从而导致了右心室肥大。根据以上对心脏和肺的观察结果可以推测出，被解剖人反复地发生血栓栓塞，引发肺动脉腔的阶段性狭小化，从而导致右心室负荷直至右心衰竭。”

“教授……”

真琴声音颤抖着问道：“裕子不是死于肺炎……而是肺栓塞吗？”

“你说一下肺栓塞的症状。”

当肺动脉被血栓堵塞时，动脉的血氧浓度就会降低。心脏为了补充氧气而频繁地输出血液，所以即便处于静卧状态，脉搏也会加快。

---

① 血栓被肉芽组织替代，变成纤维组织的过程。

另外，由于动脉内的压力上升，会导致血管变粗，引起胸痛。

“自觉症状中最常见的是呼吸困难、胸痛，其次是咳嗽。”

“那么肺炎呢？”

“长期咳嗽，只有在重症的情况下才会导致呼吸困难和胸痛。”

“两者都有相似的症状。因此，即使有这样的症状，也很少能在初期就将患者诊断为肺栓塞。但是病历上说，这个患者在被送进来之前已经昏倒了，这应该是由于突然加重的呼吸困难所导致的，而这是肺炎不太会有的症状。此外，如果在急救的时候已经发现了呼吸过促和低血压的症状，就应该考虑到肺栓塞的可能性。”

也就是说，虽然裕子得的是肺栓塞，但她和寿美礼却都一直当作是肺炎在治疗。

怎么会这样呢？那么寿美礼刻意减少加雷沙星的用量，岂不是毫无意义？

光崎完全不在意真琴内心的摇摆，执刀向下肢部分移动。

“下肢的肌肉萎缩是由于运动不足。步行动作可使腿部肌肉通过静脉将血液向上推，具有辅助泵功能。当然，如果运动不足，这个功能就会退化。便很容易发生血栓。”

寿美礼不让裕子下床做充分的运动，这就促进了肺栓塞的形成。换句话说，寿美礼的恶意不在药物的剂量，而在这里。

“引起肺栓塞的血栓最容易发生在哪个部位？”

“腿部的静脉。”

在贯穿腿部的深静脉中产生血栓，随着血液的流动，到达右心房，然后经由右心室被运送到肺动脉。肺栓塞中有九成以上都是由这种深静脉血栓引起的。

“那么，接下来开始确认。”

光崎首先将尸体的右腿微微抬起。

“没有浮肿。皮肤也没有变色的部分。”

“欸？”

真琴不禁发出困惑的声音。如果是深静脉血栓症的话，大部分患者下肢的一侧都会有浮肿或皮肤变色的症状。

光崎用手术刀切开右腿，露出静脉。但是，无论切开血管的哪个部分，都没有发现类似血栓的情况。慎重起见，也将左腿按同样方式切开，但还是没发现血栓。

“教授，这是怎么回事？为什么深静脉没有发现血栓？”

“理当如此。因为她的肺栓塞并不是由深静脉血栓导致的。”

光崎理所当然地回答道。真琴却更加困惑了。

尽管如此，总归是真相大白了。真琴已经知晓了裕子最后想传达的话语。

“……是津久场教授误诊了吧。”

“但他所采取的急救处理和心肺复苏本身并没有错误之处。”

急救上没有错误，所以不能直接向津久场问责医疗过失——听起来是这个意思。

“你是在袒护津久场教授吗？”

“我要是想袒护他，又何必非要解剖？”

光崎看起来不太高兴地抿着嘴，动作和表情都一如往常。真琴稍微松了一口气。

那张看起来不太高兴的脸突然看向了这边。

“缝合腹腔的工作就交给你了。”

“啊？”

“开腹时需要迅速，缝合时需要细心。因为你手法还不熟练，所以不能指望你有多迅速，但细心你总能做到吧。”

真琴一时间难以置信。一般来说，光崎执刀解剖的话，从开始直到缝合都会由他亲自完成，怎么会将收尾工作交给还是实习医生的自己呢？

光崎挪了个地方。真琴像是被牵引着一般走到了光崎刚才的位置上。

“不能用钉枪和胶带，而是要用缝合线来缝合。”

比起缝合线，显然使用钉枪和胶带会更轻松、简单。但是光崎说了必须要针线缝合。

他没有问真琴能不能做到。

求之不得。

真琴再次低头看着裕子的遗体。

对不起，让你如此难堪。

我马上给你恢复成原来漂亮的样子。

真琴闭上眼睛，调整呼吸。

“不好意思，凯茜医生，可以请你辅助我吗？”

“没问题！”

确认凯茜来到自己旁边后，真琴慢慢地开始了腹腔的缝合工作。

“柏木寿美礼供认不讳。”

两天后，到访法医学研究室的古手川开门见山地进行汇报。

“她说她尽可能地不让女儿出门，还减少了药的用量，想以此来延缓她的恢复。虽然她自己也说不明白为什么，但在照顾女儿的时候感到十分充实，所以就想如果能一直这样继续下去就好了。”

一听就是代理型孟乔森综合征的典型症状。

“起到决定性作用的是凯茜医生拍摄的药袋照片。给她看了一眼照片后，她立刻就坦白了。虽然这是我的个人观察，但确实没有找到其他明确的杀人意图。”

真琴也希望如此。即使真琴是裕子的好友，也无法介入人家母女之间。她们母女二人之间一定有着外人无法理解的感情吧。尽管如此，真琴还是愿意相信寿美礼的行为都是由精神疾病导致的，不愿去猜想其他恶意存在的可能。

“我调查了寿美礼的既往病史。据说在裕子还没出生的时候，她的丈夫曾经有过外遇，那个时候寿美礼就经常有自残行为。受伤后来到医院，频频说自己生病了。医生认为她就是为了获得周围人的同情，所以将她诊断为了孟乔森综合征。”

患有孟乔森综合征的人成为母亲后，就会把行为对象转移到孩子身上，从而演变成代理型孟乔森综合征。这也是一种常见的病例，据统计数据显示，有四成以上的代理型孟乔森综合征的患者都曾罹患过孟乔森综合征。

真琴被罪恶感裹挟着。自己明明从高中时代就认识了这对母女，但却完全没有注意到寿美礼的症状，简直就是睁眼瞎。

“你看起来气色不太好。”

“这和古手川刑警你没有关系吧。”

“虽然说这种话可能没什么用……但即便是精神科的专家，也很难仅仅通过外表就能诊断出精神疾病。所以我认为，这不是真琴医生你的责任。”

的确没什么用。

但是真琴还是得到了一丝慰藉。至少让她想再次振作起来。

“……谢谢你。”

真琴脱口而出。

古手川大吃一惊，慌慌张张地移开了视线。

“但是，我还有一件事困惑不解。”

“什么事？”

“为什么光崎教授会想要解剖裕子呢？她死在医院，而且病历上也没有不同寻常之处。”

“嗯，这一点我也觉得不可思议。”

凯茜在房间的角落里，兴致勃勃地听着真琴和古手川的对话。两人同时看向凯茜。

凯茜也一脸不解地耸了耸肩。

第五章　背约与誓约

1

“他到底在想什么呢？”

津久场在自己的研究室里问道。

“县警没递验尸申请的案子、为了解剖不惜欺瞒死者家属的案子、东京都监察医务院已经接手了的案子，还有之前那个死在医院的案子。不止这些，这几个月以来，那家伙已经接了二十几起根本就没递验尸申请的案子了。”

“但是……如果没有光崎教授解剖的话，那四起案件的真相就永远不会浮出水面了。”

真琴站在津久场对面回答道，但她的语气总像是在找借口。尽管一开始，真琴对光崎的独断专行持批判态度，但最近她感觉自己也在慢慢成为光崎的“同伙”了。

“不论结果如何，他那旁若无人的态度都是个问题。”

“旁若无人”这个精准确切的评价，让真琴无法反驳。

“不仅是校内，就连法医学会都开始注意到光崎的行为了。很多人都怀疑他在校内格外突出的预算消耗，是为了在学会内留下较高的解剖实绩。”

真琴没有与学会的人正面接触过，所以自然没听到过学会内部的传言。但预算问题她是知道的，因为凯茜也曾多次对她抱怨过。明明距离年底还早，但拨给法医学研究室的预算却几乎见底。其原因自然是法医学研究室的实际解剖数量远远超出了预先的估计。

每解剖一具尸体，县警会支付十六万日元的费用。但实际上一具尸体的解剖费用大概是二十五万日元左右。也就是说，每解剖一具尸体，就会有九万日元的亏损，而这部分亏损将会全部计入大学的开支中。换言之，光崎解剖的尸体越多，给大学开支预算造成的压力也就越大。

“不只是我们大学预算紧张，县警本部也是一样。前几天，埼玉县警搜查一课的课长就对咱们学校诉苦，说是担心解剖费用不够什么的。”

真琴不禁产生了一个十分单纯的疑问：如果大学和县警的解剖费用就这样用完了的话，那么之后的验尸申请又该怎么办呢？

就算没有预算，也不能将死因不明的尸体弃之不顾。警方又不能要求再次提出验尸申请的法医学研究室无偿奉献，那么最终就不得不挪用其他地方的预算。

想到这儿，真琴觉得，大学和警方真该重新考虑一下预算配比了。不论是警方还是校方，明明有许多事情的优先程度是远远低于调查死因的。

“光崎他到底在想什么啊？”

津久场又重复起了他最开始的问题。

“这几个月以来，你一直在光崎的身边，听他所说，看他所做，有时你们还一同行动。对于光崎他到底为什么如此不管不顾地执意进行解剖，你是怎么想的？”

“您这么问，我也答不上来。可是……光崎教授曾说过，患者无论生死都是一样的，作为一名医生，应该优先理性而非感情，但是如果说具体的理由的话……”

津久场轻轻地叹了一口气。

“唉，这样的话，我特意把你送到法医学研究室学习就毫无意义了啊。”

“非常抱歉。”

“不……他本来就是个做得多说得少的人。即便是我，跟他相处了这么久，也没见他对我敞开心扉。我还以为，他或许能够对同属法医学研究室的你多说点儿什么呢。看来是我把事情想得太简单了。”

从明天开始，你能帮我注意光崎的动向吗——真琴的脑海中浮现出那一天，津久场唐突地提出这一命令的场景。

去光崎的手下工作，找出他一门心思想要提高解剖实绩的理由。这就是津久场的要求。知识面还不够广之类的话，都只不过是将真琴送到法医学研究室的借口罢了。

“没有确切的证据也没关系。栂野，在你看来，光崎藤次郎究竟是个什么样的人呢？”

“桀骜不驯、粗野、爱挖苦人、独断专行……”

“这些，你不说我也都知道。”

“但是，作为一名医生，他是值得尊敬的。”

这一点，一定要明确地说出来。作为一名医生，他兼具娴熟的经验、高超的技术与不可动摇的坚定信念。正是这些要素的存在，才让他那多多少少的专横与旁若无人的态度能够得到一些宽容。

“这些也不用你说。”

津久场有些烦闷地摇了摇头。

“一个只会贪恋在学会中名声地位的人，也不值得我像派间谍一样派你过去。正因如此，我才想在问题闹大之前控制住事态。我不想让那家伙在别人的眼里成为不光彩的人。”

津久场像是祈祷一般，将双手交握。

看着他那真挚的双眼，听着他那急迫的语气，真琴只能兀自低头。

“这份工作或许并不合你意，但是我只能托付给对光崎怀有敬意的人去做。对他怀恨在心、心有排斥的人，是不能够制止住他的独断专行的。只有打心底里敬重光崎、尊重他的信念的人，才能够做得到。”

要制止住光崎的独断专行——恐怕得出动自卫队一个师团的兵力吧。但即便心里这么想，真琴也无法拒绝津久场的请求。

走出津久场的研究室后，真琴向内科住院楼走去。在被派往法医学研究室前，这里就是真琴的工作场所。直到今天，这份归属感仍未减弱。在这里，有她想见的人。

轻轻敲了敲四一二病房的门，房间里传来了回应。

“啊，真琴医生！”

房间里有两个人，一个是患者仓本纱雪，另一个则是守在病床旁的护士须见理惠子。

“梅野医生……”

“我来看看你怎么样。纱雪妹妹，你看起来不错嘛。”

“嘿嘿，我脸上的浮肿也消下去一点了呢。”

“嗯，消下去啦消下去啦，现在已经是个小美人了。”

“……我说真琴医生，下次你的客套话能不能说得高明些？”

纱雪微微噘起嘴说道。只有十岁的纱雪做出这动作实在是好笑又可爱，真琴不由得绽开笑容。

几个月前，纱雪因患腹膜炎被送入浦和医大，那时真琴是津久场的助手，负责关注纱雪的病情。虽说是助手，但纱雪也是真琴的第一个患者，况且又十分招人喜爱，所以真琴对她格外上心。在服用抗生素消炎后，纱雪原本已经治愈出院了。然而上周，她的病情复发，再次被送到了医院。

腹膜炎，病如其名，是指腹膜由于细菌感染而引发炎症的疾病。腹部的疼痛会逐渐加重，也会伴随发热、恶寒、呕吐、脉搏加快等症状。尽管应尽早治疗，但由于纱雪的体质较为虚弱，所以津久场没有选择通过手术为她取出病灶，而是选择了使用抗生素这一保守疗法。真琴虽然负责关注纱雪的病情，但由于后来津久场要求她去监视光崎，所以她也就离开了这一岗位。不过在进入法医学研究室后，真琴依旧放心不下纱雪，所以也时常过来看望她。

“一定要听护士姐姐的话哦。”

“我可听话了！护士姐姐还威胁我说，如果我不听话病就治不好了。”

“说什么威胁，哪有这么夸张。”

站在一旁的理惠子忍不住插嘴道：“纱雪妹妹，你不是有目标吗！所以为了完成目标，一定要听医生的话，把病治好。这还是你先对我说的呢。”

“我没有忘。”纱雪的表情一下子认真起来了，“在七月十五号哈利·波特魔法世界开幕之前，我一定要出院给你看！”

纱雪是哈利·波特迷，所以当她得知USJ（日本环球影城）将要开设哈利·波特主题乐园之后，便十分积极地配合治疗，因为她想成为头一批入园的人。虽说这个动机未免有点孩子气，但只要她能因此积极配合治疗，就再好不过了。

病由心生。正如这四字箴言所说，不论手术技术如何进步、开发出多么强效的新药，如果患者没有配合治疗之意志的话，那么病症是绝不会治好的。

“一定要好好加油哦！”

理惠子加油鼓劲道。纱雪也十分清脆地回答了声“好”。

“我还会再来看你的。”

真琴说完这句话，就和理惠子一起走出了病房。因为有些话，她们不想让纱雪听到。

“须见护士，请告诉我究竟是怎么回事。纱雪的病情为什么又复发了呢？”

“是急性阑尾炎。”

虽说并不是理惠子的错，但她的语气中却充满歉意。

“这次住院的时候，用腹部 CT 检查过了，阑尾的炎症扩散到了腹膜。”

“阑尾炎已经处理了吗？”

“津久场医生已经用药消炎控制下来了。他担心纱雪妹妹的体力恐怕不足以支撑一场手术。”

“验血结果呢？”

“CPR[①] 阳性。白细胞也增多了。”

两者都是腹膜炎的典型症状。费尽心力才治好的腹膜炎，竟然由于急性阑尾炎而再次复发，纱雪的运气还真是不太好。

“津久场医生甚至说要亲自抽血。我们都反对说，如果老师您亲力

① C-反应蛋白，是机体受到感染或组织损伤时血浆中一些急剧上升的蛋白质。

亲为到这一步的话，那我们可都要失业了。”

“是吗？”

“原本以为患者的腹膜炎已经由自己亲手治好了，结果竟然又再次复发。对于医生来说，一定很难接受吧。津久场医生特别自责，说这次复发是因为出院后跟踪观察不充分才导致的。”

这确实是津久场会说的话。乍一看，津久场很像是一个缺乏感情波动的人，但其实他的情感非常饱满。不仅是患者和实习医生，只要是和津久场有过接触的人，都会对他赞不绝口。

“但是，我还有点嫉妒呢。”

“对纱雪吗？还是对津久场医生？”

“嗯……两个人都有吧。”

仔细一想就会发现，在许多方面上，光崎与津久场都是截然相反的。光崎对于活着的人不感兴趣，即便是显露了一些出来，也是极其冷淡的，而且对待他人的方式也十分粗枝大叶。他不相信别人的判断与看法，而是会根据自己的知识见解做出判断。他独断专行，毫不理睬周围人的声音。这样截然不同的两个人竟然是同学，并且还是好友关系，这不禁让真琴感到兴味盎然。

“其实我也只是来关心一下，但我看到津久场教授那么拼命，就忍不住觉得，像我这样的人过去多事，可能反而有些碍眼吧。”

“没有这回事。”

理惠子用力摇了摇头。

“梅野医生，你对纱雪妹妹的担心，我特别特别理解。因为我也没有办法忘记我负责的第一个患者，总想着为他做点什么。”

“谢谢。但是我最近在想，作为一个人这样没问题，但作为一名医护人员，将这种情感带入工作中可能不妥。”

“嗯？”

“不论对待什么样的患者，都不该有所区分，都该一视同仁。不，对生者与死者也不该加以区别。只要是躺在自己眼前的病人，就算是敌人也要拼尽全力去救治他……这大概才是医护人员的本分吧。”

等到真琴回过神来，她发现理惠子正用惊讶的目光盯着自己。真琴的心头忽然涌上一股羞耻感，她慌忙摆了摆手。

“啊，我刚才说的不过是理想，理想。我想着，如果能真的做到就好了。但是回到现实，我只不过是个迷茫又常常失败的实习医生而已。”

“不，那个……我就是有点吃惊。和你在内科的时候相比，你现在特别，那个……”

“像个大人了？”

“不，不是这个意思！”

“没关系的，这种觉悟我还是有的。不过话说回来，解剖过这么多尸体之后，就算内心不情愿，但肯定会变得成熟不少。”

“你已经习惯解剖了吗？”

“嗯……至少解剖之后可以吃烤肉套餐了。”

此话一出，理惠子更加目不转睛地盯着真琴看了。

接到理惠子的紧急电话，是两天后的凌晨三点。

“出什么事了，这时候打电话？”

接电话的时候，真琴的意识还是朦胧不清的。但理惠子接下来的话却让她瞬间清醒了过来。

“就在刚刚，纱雪妹妹去世了。”

一瞬间，真琴感到天旋地转。

“纱雪妹妹死了？怎、怎么会。怎么这么突然……”

“刚刚病情突变……虽然我也在她身边……抢救，但已经来不及了……”

理惠子像是在忍耐呜咽声，停止了她的言语。

“我现在过去。”

“……已经，来不及了。”

“但是我还是要去。”

真琴一跃而起，用最快的速度换好衣服飞奔出门。

在赶往浦和医大的路上，真琴的脑子仍然是混乱不堪的。患者病情突变是常有的事，理惠子作为护士也不可能说谎。纱雪在医院去世一定是真的了。

事到如今，即便自己赶过去，也无法让纱雪重新睁开双眼。真琴深知，自己已经离开了内科，即便赶过去，恐怕也会是碍手碍脚的那个。

但即便如此，真琴也无法阻止自己奔向纱雪的身边。她必须要亲眼见到她的最后一面，确认她的死因。这是自己唯一能为纱雪做的事。

前不久，真琴才刚刚失去旧友裕子，如今又失去了自己的第一个患者。对于真琴来说，她接连失去了两个亲密的人。

但如今的真琴，与裕子去世那时相比，已经有所不同了。

裕子去世那时，真琴只能将自己封闭起来，悲叹度日。除了为好友流泪、为自己流泪之外，她什么都做不了。

但是现在不同了。即便内心沉痛如旧，但真琴现在心中所求的并非一个逃避的场所，而是真相。她要让纱雪弥留之际想说的话、让纱雪临终时的肉体想要说的话，都清清楚楚地表达出来。悲叹什么的，就留到最后吧。

一到浦和医大，真琴直奔护士站，确认纱雪的所在。

值班护士说，发现病情突变后，纱雪就被转到外科进行了开腹手术，现在人在太平间。

向右转弯，走向太平间。这是真琴来过无数次的地方，但今天，她的心却乱成一团。

真琴打开了太平间的门。

房间里的日光灯明亮得晃眼，毫无阴暗湿冷的氛围。但在看到趴在床旁哭成泪人的纱雪母亲与站在一旁的父亲的那一瞬间，真琴的内心彻底被击垮了。

“纱雪啊，纱雪啊……”

母亲一边呼唤着纱雪的名字，一边呜呜咽咽着泣不成声。父亲将一只手放在母亲的肩上，仿佛不知身在何处。

越过两个人的背影，可以看到被白布覆盖的遗体。胸中翻涌而上的绝望让真琴差点倒下。

她才十岁啊。

她那么努力，想要治好自己的病。

正当真琴呆立在那里时，听到身后有人叫她的名字。

“梅野医生。”

真琴回过头，看到理惠子站在她的身后。

“来外边一下。”理惠子压低声音说道。真琴便跟着理惠子一同走出了太平间。

“病情突变是晚上零点刚过的时候。纱雪突然说肚子疼，然后开始呕吐。X 光显示腹腔有积液，每升血液中白细胞超过了两万一千个，所以急急忙忙地转到了外科，进行了开腹手术。”

“主刀医生是？”

“值班的新井医生。”

新井是外科医生，他能够应对这种病情突变。

“已经通知津久场教授了吗？”

“是的。报告了病情突变之后，他立刻就赶来了，刚才还一直在呢。”

不愧是主治医生。

"'遗憾啊'，津久场医生一直在重复着这样说。"

理惠子低垂着头，继续说道。

"之前不是担心纱雪妹妹的身体承受不住手术吗……结果手术刚开始没多久，她的心肺功能就停止了。虽然抢救过来了一次，但是没一会儿，纱雪妹妹的心跳很快又停了。"

"手术就这样断了吗？"

"新井医生在确认了有脓性腹积水和阑尾周边溃疡之后就缝针了。是体内毒素休克导致的死亡。"

也就是说，死因还是腹膜炎。考虑到纱雪体质虚弱，所以一直采取保守的用药治疗，但是病灶却没有顺利消除。

"太不幸了……太可怜了……"

理惠子喃喃说着，垂下了肩膀。

不幸——

真琴的内心却感到一丝丝微妙的不对劲。

出院之后患了阑尾炎，又波及了腹膜。从这一点上来说，纱雪确实是不幸的。但是，将这种病情恶化而死亡简简单单地归为"不幸"二字，真的可以吗？

单从理惠子的讲述来看，新井的处理方式是没有问题的。原本他就是个颇受好评的医生。腹膜炎这种简单的手术也几乎不会出现什么差错，因此在现阶段，还找不到医院方面会被问责的原因。

但即便如此，将纱雪之死简单归为“不幸”二字，仍然让真琴心生抵触。这是一条还不满十岁的生命。然而老天竟然冷酷至此，就这样毫不在意地夺走她的生命。

真琴再一次打开了太平间的大门。纱雪的父母还保持着刚才的姿势。

“还请节哀……”

真琴鞠了一躬，但给她回应的只有父亲一人，母亲仍旧保持着之前的姿势，将脸伏在白色的床单上。父亲打了圆场，才为真琴让出了个位置。

纱雪的脸露在外面。或许是理惠子她们精心清理过的缘故，纱雪脖子以上的部位都被擦拭得干干净净，简直就像是睡着了一样。

真琴在心中默默祷告。

对不起。

我没能救你。

你明明那么想要痊愈。

你的未来明明有着无限的可能性。

真的只是不幸吗？还是另有原因呢？

告诉我。

把你想传达的话告诉我——

真琴抬起头，面朝纱雪的父亲。

“仓本先生，您可以允许我们对纱雪的身体进行病理解剖吗？”

父亲倍感意外地睁开了眼，摇了几下头。

“现在就算解剖，我女儿的死因也是腹膜炎。主刀的新井医生已经解释得很详细了，我想就没有必要了。”

父亲的语调安静但却十分坚定。

母亲仍然在哭泣，强忍着压低了声音。

“或许可以发现一些之前不知道的事情。”

“什么事情？”

面对父亲的询问，真琴一时也想不到确切的回答。

“之前我听说，病理解剖可能会对未来的早期发现有帮助。但是不论是我女儿的病因还是什么，都清清楚楚，所以即便解剖了，应该也不会对医疗发展有什么贡献吧，而且……而且，我们父母心里也苦。我女儿才、才十岁。她的身体还不是那么健康。这孩子要是再挨刀，就太可怜了。”

说完这番话，父亲也陷入了沉默。

没有亲属的允许是不可以进行病理解剖的。真琴只能安安静静地离开这里。

“梅野医生，为什么要解剖？”

走出太平间，理惠子立刻上前询问。

“是不是新井医生的手术有什么疑点？”

“不是的……只不过，我想再确认一下。”

“确认什么？”

“纱雪妹妹最后的声音。如果解剖的话，说不定能够知道那孩子想说的话。”

“就是腹膜炎啊！她体内有腹腔积液，还有溃疡，我一直在旁边都看到了。不会有错的。”

“我不是说新井医生搞错了。只是，手术是在中途就停止了对吧。这样一来，或许有些还没来得及看到的事实就这么被隐藏起来了。”

“你说的，是什么事实？”

理惠子的声音变得尖锐。

“梅野医生，你调到法医学研究室之后，整个人就变了。感觉你现在变得很冷漠！”

这些真琴早就已经意识到了。

但理惠子接下来的话，却让真琴吃了一惊。

“简直就和光崎医生一样。”

真琴下意识地凝视着理惠子，反倒是理惠子慌了神。

“啊，那个，对不起。我话说重了。”

“没什么，没事的。别放在心上。”

就连真琴自己都感到意外，理惠子的话不仅没有令她心生反感，反而还让她感到有一点儿骄傲。

“但是你至少要告诉我，手术前是验血了没错吧。验血结果现在在哪儿呢？”

不论是住院患者还是门诊患者，他们的病历都被保管在护士站旁边的资料室里。真琴走进资料室，寻找纱雪的病历。

但紧接着，真琴陷入了慌乱之中——纱雪的病历怎么也找不到。病历是按照日文五十音的顺序排列整理的，为了以防万一，真琴不但找了ka行[①]音段的病历，还找了与ka行相邻的a行与sa行的病历，但都一无所获。

是谁拿走了吗？但如果是这样的话，也应该在登记簿里留有记录才是。然而，那里也什么都没有。

过了一会儿，真琴想到，采集的血液需要通过验血装置来进行分析、解析。那么纸上的化验结果，一定是将电脑中已存数据打印出来的。换言之，电脑里应该会留有记录。

真琴急急忙忙赶往化验室。清晨时分，化验室的灯还没亮，也不见化验师的踪影。医生的身份帮了真琴大忙。就算只是实习医生，但也可以凭证件自由进出化验室。

真琴打开电脑，搜索纱雪的名字。数据都是以患者姓名与编号来存入管理的，所以只要输入名字，就可以调出之前所有的检查记录。

不过，电脑上显示的文字，却与真琴的预想大相径庭。

“无搜索结果”。

真琴不禁怀疑自己的眼睛。她再次输入纱雪的名字，但显示结果

① 仓本纱雪的日文姓名发音以ku开头，属于ka行。

仍然和之前一样。

纱雪前后两次住院一共经历了数次验血，数据是不可能有遗漏的。

两次住院，那么可能性只会有一个。

有人故意删除了数据。

能够带走病历又删掉数据的，一定是医院内部的人。也就是说，除了自己以外，医院里的所有工作人员都不可以相信。

真琴将抽血所用的注射器揣在兜里，再次返回太平间。

万幸，理惠子不在这里。太平间里，纱雪的父母还和之前一样，紧紧依偎着纱雪的遗体。

尽管内心沉痛，但如今也只有这一个办法了。

“纱雪妈妈，不好意思打扰一下。”

真琴几乎是半强迫式地推开了纱雪的母亲，将针头插进了纱雪已完全冰冷的左腕。

“梅野医生，您这是……在做什么？”

“非常抱歉，我需要抽取少量的血液以预防感染。”

这不过是在这种场合之下，真琴灵光一现的借口罢了。她开始若无其事地抽血。纱雪的血液已经停止流动，所以进入注射管中的速度比平常慢了许多。不过没有关系，化验只需微量的血液即可。

真琴握着纱雪已经冷透的手腕，生命无常之感从脚下蔓延至全身。直到现在，她也不清楚自己的所作所为究竟有没有意义。

抽够了所需数量的血液后，真琴将针头拔出，用酒精棉消毒后，又给注射口贴上了止血布贴。虽说这套流程她不必再走了，但这是对纱雪及其父母最起码的礼节。

“打扰了。”

真琴深深鞠了一躬，便悄声离开了太平间。她要维持极其理所当然的表情，绝不能做出一丝的可疑举动。

真琴手里拿着刚刚抽出的血液，再次赶往化验室。她打算等化验师一上班，就第一个做化验。

真琴冷不丁地回过神，突然发现自己如今的举动像极了光崎。只要是为了探寻真相，只要是为了揭露遗体所隐藏的秘密，就可以不顾规章流程地向前猛冲。

究竟是什么时候被荼毒的呢？还是自己本身就潜藏着不安分的天性？不论如何，真琴知道，现在的自己已经中毒了。那么之后自己要停止吗？还是任由毒素蔓延下去呢？

在化验室前等了几分钟，化验师终于现身了。

“我一直在等你呢！”

真琴一边说一边递出注射管，迎面而来的化验师不由得翻了个白眼。这种求人的方式还真是够荒唐的，搞得像是情人节送巧克力一样。

“我还没打出勤卡呢。”

化验师也是个直肠子，尽管嘴里抱怨，手上却迅速地打开了化验装置。

等待了大约一个小时，化验师喊道：“出来了！”

真琴越过化验师的肩膀，盯着显示器。

血液化验项目种类繁多，有 TP（血清总蛋白）、Alb（白蛋白）、胆碱酯酶、LDH（乳酸脱氢酶）等二十四项生化项目；有 WBC（白细胞计数）、RBC（红细胞计数）等七项血球数值检查；有红细胞沉降速度等三项炎症反应检查；还有糖化血红蛋白 Alc 等五项血糖检查；除此之外，还有甲状腺功能检查、癌细胞检查等。

其实说实话，想要再次验血，只不过是真琴的灵光一闪。她也只是怀疑检查结果或许会显示腹膜炎以外的症状而已。

病历丢失、数据被删的接连发生，让真琴的怀疑越发强烈。做这件事的人，一定是想要隐藏某些化验数据。

真琴与化验师二人一起确认各项数值。快到最后时，一个不常见的项目引起了他们的注意。

“好奇怪啊，这项数值异常。”

“rt-PA”四个字母映入真琴的眼帘。

“这是……”

“阿替普酶，纤溶酶原激活剂。”化验师一边打印化验单一边解释道，“是血管内皮细胞分泌出来的成分，可以溶解血栓里的纤维蛋白。所以通俗来说，这可能是一种溶栓药。”

“溶栓药？”

“这份血液是来自一位腹膜炎患者的。”

“什么，怎么会？”

“为什么腹膜炎患者的血液里，这种成分的数值会异常呢？”

“我也说不上来……如果只有这项成分异常的话，那我估计就不会是体内自行生成了，应该是有人给她从外部注射了。如果再详细解析成分构成的话，究竟是体内生成的，还是外部注射的，就会清楚明了。”

拿着化验单，真琴想到了该去找谁商量。

刚才，真琴认为整个医院里除了自己，没有任何可以信赖的人。

但是，是有例外的。

这是她不顾规章而拿到的线索。既然如此，那商量的对象也应当是同样做事不顾内部章程的人。

2

“所以，你就拿着这东西过来了？”

凯茜挥动着化验单问道。

最终，真琴没有回家，而是握着化验单来到法医学研究室，等待凯茜和光崎。

“真是想不到啊，竟然也有我数落你真琴贸然的时候了。”

“贸然？”

“在没有指导教授光崎指示的情况下就擅自行动，哪里不贸然了？”

“但是，如果我不这么做的话，很可能所有证据就都被销毁了。如果不尽快的话，就连纱雪妹妹的遗体，也会被她的父母带回去的。所以这不是贸然，而是先斩后奏。”

真琴喋喋不休地说着，凯茜瞪圆了她那双蓝色的眼睛。

“真琴，你这是看开了？”

“对，我是看开了，那又怎样？”

事到如今，已经摆到台面上的事情是绝不能收回去了，况且事态又是分秒必争的。就算是唆使甚至威胁，也要把凯茜和光崎拉到自己的船上。然而，真琴无法给二人许诺任何好处，她只剩这股不顾一切的气势了。

“没有证据就胡乱行事、毫无计划、冲动鲁莽、我行我素，没说几句话就态度恶劣。这可不是一名医护人员该有的态度吧。”

为什么一个外国人，能把这些令人讨厌的词汇说得这么流畅？

“对、对真相追根究底的态度，才是基础医学的根基。”

凯茜望着真琴，脸上终于浮出了笑意。

“能大大方方地说出这些肉麻的台词，就代表你可以独当一面了。”

“肉、肉麻……”

“这是非常重要的。啊，另一个词是怎么说的来着，对对，‘锦之御旗’[①]。只要有这个旗帜，一般的违法犯罪行为都可以被原谅，这可是日本从古至今的传统呢。”

虽然听起来很像，但完全就不是一个意思嘛。

“不过，确实是事态紧急。你有什么方法能够说服这对父母吗？”

“医护人员拿走病历、删除数据什么的，都只不过是咱们这边的主张而已。死因已经明了，所以我们这边没有留下遗体的理由。”

“我没有让你对他们解释原委来获得他们的同意。我是在问你，有

① 日本古时象征着朝廷的军队旗帜。

没有什么理由，能让他们暂缓将遗体运回家中？”

凯茜又用那若有所思的眼神看向真琴。

“你在抽血的时候，有没有对他们说什么合理的借口？”

对啊，预防感染。

真琴再次暗叹，要比心机和谋略，自己完全不是凯茜的对手。

“有句俗话，叫‘事不宜迟’，对吧。”

在这种情况下，根本没有多余的时间去思考自己的行动究竟是否合宜。

“但是在这之前，咱们至少得征得大 Boss 的同意。”

凯茜一边说一边拿出电话，打给了光崎。

“Good morning，Boss，我是凯茜。事情有点突然，不过真琴发现了一个特别有意思的案子，然后我们就想找你商量一下……”

真琴站在一旁，凯茜的语气听起来一点都不像是在动什么歪脑筋。

“患者叫仓本纱雪，十岁，之前由于腹膜炎住院，后来病情复发……对，没错。删除数据的一定是医院里的人，因为不用职工卡刷卡的话，是进不去化验室的。对，我也这么想。好，那我现在就和真琴去做准备。”

说罢，凯茜挂断了电话。

“教授现在过来，咱们两个必须先把遗体运过来。真琴，赶快。”

“我……有点意外。”

“什么？”

“光崎教授竟然一下子就同意了。那个，虽然教授和凯茜医生的确总是破坏规矩，可是这次很有可能是我弄错了。病历可能只是被塞到了别的地方，数据消失也可能只是因为电脑出故障了。”

“我没有否定其他的可能性，但是这两件事情同时发生的概率特别小。”

真琴和凯茜一边赶往太平间，一边说着话。

“怎么，难不成到了这一步，你又害怕了吗？”

“不，这个……您二位竟然就这么轻易地跟我站在一起了，这样真的好吗？是我挑起这件事的，但是您二位都是有名声有地位的人呀。”

“我有两点依据，可以扫清你的疑虑。”

“两点？”

“One，光崎教授在听了我的介绍之后，也认为应该调查遗体。直到现在，光崎教授的判断从未出过差错。既往的经验其实就是一种概率，所以教授认为应该做的事，我们就应该跟着他做。”

这番话听起来有点像是军队里的说法，但这种经验论，听起来也有几分道理。不论听起来多么荒唐、唯我独尊，但结果却是，光崎一次都没有看走眼过。

“Two，真琴，这一次你的行动不是出自感情判断，而是有逻辑有道理的。个人也好，组织也好，若是意气用事，难免会走向歧途。而且在事情做到一半的时候，要改变方向也很难了。但是有逻辑支撑的行动是不会这样的。”

“不顾规章流程、不惜对死者双亲撒谎来抢走遗体，也算是有逻辑的行动吗？”

“问题不在于手段，而在于目的。”凯茜不在乎地说。

太平间里，纱雪的父母总算是恢复了平静，但压抑悲伤的氛围却丝毫没有改变。

当真琴提出要暂时保管遗体时，父亲露出惊讶的神色。

“之前验血的结果出来了，纱雪的遗体恐怕有并发感染的风险。”

“感染？”

“遗体感染肝炎病毒是十分常见的情况。因此，在进行手术或解剖时，主刀医师都必须要全副武装，但有时也会传播病毒。”

虽说这些也并非全是假话，但连真琴本人，都不由得感叹自己的巧舌如簧。

“死亡超过十二个小时后，随着体温的降低，病原细菌也会逐渐消亡，但是刚刚死亡时的感染危险几乎与活体无异。这么说真的很抱歉，但是为成为感染源的遗体进行消毒，是我们医护人员的义务。”

“啊……”

父母看起来半信半疑，真琴便使出撒手锏。

“接下来，为以防万一，我们需要进行开腹检查，但这一切都只是为了检查而已。”

用“检查”一词来代替解剖，就会给人以截然不同的印象。虽说这说辞与诈骗无异，不过看起来，纱雪的父母虽不情愿，但似乎也接受了。

“接下来我们就要搬运遗体了。在检查结束前，遗体还请交由我们院方负责，所以请二位回家等待即可。”

说完这番话，真琴和凯茜二人便将纱雪的遗体搬上推车担架，送到了法医学研究室。

“刚刚二次感染那番说辞简直是太妙了。”凯茜赞赏地说，“我在一旁听着，都不由得暗自佩服。能够这么平心静气地撒谎，还把谎话说得像真事一样，也是一种才能啊。”

“请您不要再说了，这根本就不是表扬嘛。”

回到法医学研究室时，正好光崎也到了。

“这就是要验的遗体？”

“是的。”

“判断遗体有异常的是你？”

“那个……不是遗体有异，而是因为病历丢了……”

“从血液中检出了过量的纤溶酶原激活剂，对吧。”

光崎的语气极具威慑力。但如果就这样怕了光崎的话，今后就无法面对任何人了。

“是的。很明显，这是有人动了手脚。”

“有人动了手脚，这话说得怎么跟刑警似的。你是受了那个愣头青县警的影响？”

给我造成影响的，其实另有其人——真琴很想立刻告诉他，但最终这句话也没能说出口。

“我知道了，但是在解剖之前，我还有两三件事得问清楚。能把之前负责这个患者的护士叫过来吗？”

“如果以光崎教授您的名义的话……”

光崎的眉间骤然挤出两道沟壑。

“你什么时候学会这一套的？”

“是因为那个……”

凯茜找准时机，立刻插话道：“这叫耳濡目染。”

“……总之，现在立刻给我把护士叫过来。”

医院里有好几个地方是无法使用手机的。真琴飞奔出法医学研究室，直奔护士站，终于在那里和理惠子取得了联系。

真琴同理惠子一道，回到了法医学研究室。仔细一想，真琴发现自己从昨晚开始，就一直奔走于医院各处。但即便如此，她也没有感到疲劳，大概是紧张感掩盖住了疲劳，肾上腺素分泌过高的缘故吧。

“光崎医生找我？这究竟是怎么一回事？”

“别问我。”

真琴一边小跑，一边答道。

“要是能够完全理解那位教授的话，交友圈一定会变得狭窄了。”

但是，见识会变得更深。

理惠子刚到，就立马被光崎诘问道：“是你负责这位患者没错吧，用药也是你负责的吗？”

“是的。”

理惠子似乎还不习惯与光崎交谈，整个人都显得有些害怕。也确实是难为她了，光崎就算是正常说话，听起来也十分倨傲。

“用的是什么药？”

“凯福隆（一种抗菌药），一日四次，一次两克。”

“是谁给你的用药指示？”

“当然是主治医生津久场。”

“除了这个药之外，还有没有用过其他的药，比如溶栓药之类的？”

“溶栓药？”理惠子的尾音微微上扬，“为什么要用这种药呢？纱雪妹妹的病是腹膜炎啊。”

光崎朝理惠子不屑地瞥了一眼，说道：“你们两个，开始做解剖前的处理。”

“光崎，你这是在干什么？”

就在收到命令的真琴与凯茜二人准备行动时，津久场突然闯了进来，“我刚从仓本夫妇那儿听说，纱雪的遗体被送到你们这里了。”

“啊。”

“而且，”津久场冷冷地盯着真琴，“竟然还玩诈骗那一套，说什么调查遗体感染症。当然了，这次也没有病理解剖的承诺书吧？”

“口头上说一下就得了，那种文件之后再补就行了。”

“你怎么能这么说！如果家属没有签承诺书的话，万一真的发生什么不测，大学这边就是吃了哑巴亏了，根本辩解不了！”

“也不需要什么辩解。”

光崎一边说着，一边将身体转了过来，正好与津久场呈对峙之态。

“因为根本不会出现什么不测。”

“你真是和以前一样，一点儿都没变啊。你这独裁者一样的自信，到底是从哪儿来的？”

“我哪里自信了？”

没错，真琴不由得在心里悄悄点了点头。

光崎所拥有的，不是自信，而是信念。

“没有自信就要给人开腹？你这也太随便了，和小孩子找丢了的东西有什么区别。”

“那些吹嘘自己给人开腹的时候还充满自信的家伙，都是些不成器的傻瓜。”光崎不屑地说，“谁都不是神，要这么说的话，自信其实就是一种对自己的夸大评价。”

“我看你倒不像这么想的。行了，在这里重复这种问题也没有任何意义，现在你立刻把遗体送还给遗属，别把问题弄复杂。”

“现在已经复杂了。你听见了吧？遗体里检出了过量的纤溶酶原激活剂。”

“体内有一些异常分泌也是可能的。而且，有什么必要给一名腹膜炎患者用溶栓药呢？”

“这就是我接下来要调查的。”

“你够了！”津久场似乎是再也无法忍受，冲着光崎怒吼道，“你知不知道，你的意气用事给大学招了多少麻烦事？你一个劲儿地解剖，挤得预算越来越少，还给自己招来了许多不好的风评！”

“啊，那些人说我增加解剖实绩是为了巩固地位吧。哼！无聊。”

“你觉得无聊，但也要考虑大学的体面问题。要知道，你一个人的言行就会影响整个大学！”

“这也够无聊的。”

“算了，我说再多也没用。”

津久场疲倦地摇了摇头。

“从狭义上来说，你现在做的事恐怕有违遗体解剖保存法。而且就在刚才，县警搜查一课的课长也跟我说，要亲自过来调查，对我们问话。”

搜查一课。

难道要将光崎以嫌疑人的身份拘捕起来吗？

就在真琴陷入恐慌时，凯茜捅了捅她的侧腹，说道：“真琴，现在立刻联络他。”

“他？”

“当然是那位行动先于理论的 Mr.Active 呀！”

啊——真琴立刻明白过来了。

真琴悄悄地移动至房间的角落，用手机给那位人物打电话。

“什么事啊？一大清早的。”电话那头的古手川用不情愿的声音问道。

“帮帮忙。”

“什么事？”

“听说等会儿，你们搜查一课的课长要来法医学研究室逮捕光崎教授。”

“你说什么？”

真琴的话虽说简短，但刚刚好能够让这个男人行动起来。

“我们的解剖是有合理理由的。但是，那个……其实没有取得家属的承诺书。”

“……是必须要解剖的案件吗？”

“是光崎教授决定要解剖的。”

电话的那端在顷刻间陷入了沉默，对于古手川而言，这一句话的分量就足够了。

“我现在没办法跟你仔细说……”

“等着我。”古手川打断真琴，结束了对话。

3

“你到底有什么权力插手内科的患者？你的专业不是处理尸体吗？”

“不管这个人之前是内科的还是外科的，在他死去的那一刻，就不属于任何科室管辖了。如果非要说的话，所有尸体都归我管辖。”

“你说的是什么狗屁理论！”

津久场很少发怒，因此真琴十分惊愕。她从未见过如此盛怒的津久场。

“说到底，你不就是为了满足自己那点儿不值一提的好奇心才给人家开刀的吗？就为了这，甚至把咱们大学和实习医生都给卷了进来。你好歹也得讲点廉耻！”

“廉耻吗？”光崎十分平静地接受了津久场的怒骂，“你这么一说，好像确实，我从来没为自己所做过的事感到过羞耻。”

“这就是你狂妄自大的证据。”

光崎并不打算反驳。

只不过，真琴却想为光崎辩白几句。她只在光崎的手下待了短短几个月。他总是板着脸，讲话粗暴，从不去体察他人的内心。他既不温和，也不重情。于他而言，狂妄自大这个评价再合适不过了。

但他绝不是不知廉耻。关于这一点，真琴可以断言。只不过，这二人对于“廉耻”的定义是不同的。

对于多数教授、医生而言，耻辱是失去名誉，是不再高雅，是多次出错，是对自己的诽谤中伤。从这个价值基准来衡量的话，光崎的确是恬不知耻。他享受待遇不高的法医学者的身份，总是直截了当地诘难他人，不论同僚及大学有关人员如何评说，都从不反驳。

这是因为，于光崎而言，真正之耻，只有以下二者：一是区别对待病患，二是蔑视真相。注重体面究竟有多大的价值呢？没有任何一种体面，是从与公平、真相的颉颃之中得到的。医疗重地更是如此。

“对不起，请允许我说句话。”真琴终于开口了。

津久场一脸惊讶地看向真琴。

“怎么，梅野也有话想说？”

“光崎教授确实狂妄自大。但是他的狂妄自大，只针对那些无聊的权威。”

“无聊的权威？难不成你想说，无法无天就是解剖医师的自矜吗？你究竟是怎么了，难不成你要放弃身为临床医师的自尊吗？”

“医师不分解剖医师和临床医师，患者也不分生者和死者。”

津久场突然神情沮丧，“你被这个人荼毒至深了。早知如此，就不该把你送到法医学研究室的。”

但我很感谢你送我过来——这句话哽在了真琴的喉间。

“总之，请把遗体还给遗属。”

光崎推开津久场伸向推车担架的手。

“我已经洗耳恭听过你这位临床医师的高见了。但是这个患者现在已经不是你负责了，我会负责任地把遗体送还给她的父母。只不过，这得在我把患者的全部话语听完之后。”

“遗体究竟能说出来什么啊？”

“谎言以外的全部。活着的人会撒谎，但尸体只会诉说真相。”

“不知道你在胡说什么……”

“活着的人不管喜欢与否，总会撒谎。为了保护自己、别人或是组织，即便无奈，有时也还是会撒谎。人们越是背负着某种责任，就越会被逼入这条死胡同。你我二人，也无法摆脱这个桎梏。”

津久场脸色一变，猛地抓住光崎，“我没有时间再听你说这些废话了。”

“既然如此，那就赶快回你自己办公室去吧。”

旁观两位功成名就的大学教授兼医生吵架互骂，心情总不会太好，然而真琴却无法阻止这二人的争吵。真琴看向凯茜，发现她只是手握着推车担架的一端，完全没有要出言相劝的意思。难不成凯茜是打算把吵架的任务交给光崎一个人吗？至于理惠子，看起来像是陷入了混乱之中，不知道该遵从哪一方的指示。

那么，自己应该做些什么呢？真琴正踌躇着，忽然见到研究室里出现了一个陌生的面孔。

“津久场教授。”

“啊，栗栖先生，你来得正是时候。”

这位栗栖身材纤瘦。他走到津久场身边，与光崎也形成了对峙之态。

“事情我已经听说了。光崎教授，究竟是发生了什么？听起来，您似乎打算违法解剖？”

看样子，栗栖和光崎也认识。这个人好像就是津久场之前提到过的埼玉县警搜查一课的课长。仔细一看，真琴发现研究室外还站着几个身穿制服的警察。

虽说是第一次见面，但真琴对栗栖没有什么好印象。即便是受了津久场的委托，但一通电话就能劳动搜查一课的负责人赶到这里，简直就像是条被驯服的狗。

“你是想要正式的手续？”

“这不是理所当然的吗？”

“是吗？你们一次又一次地给我递验尸申请，哪怕当天根本不是我当值，且事后就给我那么一点杯水车薪的钱，结果让大学徒增预算。这也算是你所谓的正式手续吗？”

“不，其实是，那个……其实这都是渡濑警部半强制做的……”

“你应该是警视级别吧？堂堂警视，竟然没法阻止区区一个警部的独断专行吗？”

“这和我刚才说的也不是一码事吧。”

“你要真是重视正式手续的话，那我还得感谢你呢。这样，县警给我递交的验尸申请就能压到现在的一半，那我们大学也不用成天为了预算捉襟见肘，拆了东墙补西墙了。”

大概是挖苦奏效了，栗栖脸色变得很难看。

真琴听古手川说过，渡濑警部所负责的大多数案子，都要通过光崎来验尸。这大概是因为渡濑信任光崎的知识与见解吧。渡濑在整个县警里的逮捕率都是数一数二的，所以即便是课长，也很难对“渡濑—光崎”这对黄金搭档加以置喙。

“不……作为县警，今后我们还是要仰仗光崎教授您的大力协助。正因如此，我才不希望看到您身陷这种无聊的嫌疑之中。”

“不是嫌疑，是确凿的违法解剖。”

真琴不由得感到大伤脑筋。不论是什么场合，光崎都能极尽挖苦讽刺之能。

“栗栖课长。”

光崎站到栗栖的正对面，紧紧地盯着他。并不是激烈的针锋相对，但这位身材矮小的老人的瞪视，却比任何低劣的恫吓都更加有威慑感。

“那个愣头青应该也给你打过报告吧。如果事事都要走合法手续的话，不知道会有多少真相被掩埋在黑暗之中。我不是发牢骚，但是即便是东京，那里还有监察医制度呢，结果怎么样，能被解剖的异常尸体也只不过占总数的二成左右。紧巴巴的预算，还有已经慢性化的人手不足，在这种情况下，你所谓的合法手续到底有多大的正当性？打个比方，这根本就是叫人用竹篮去打水！”

栗栖似乎无言反驳。违法、手续，听起来是多么具有正当性的词汇，但究其根本，也不过是钱的问题。从这一点上看，光崎的比喻虽说粗鄙，却也直击要害。

“教授，您说的我都了解。毕竟我也是个管理人员，也成天为了分配预算叫苦连天。只不过，这和我刚才说的根本就是两码事。您在我眼皮底下做出了违法行为，那么作为警察，我不能视而不见。”

“怎么，你要逮捕我吗？”

“那倒不至于，只要您现在将尸体还给遗属就可以了。”

从警察的角度来说，栗栖所说是极其正当的，但真琴的内心却无法认同。当然，栗栖只是在逃避责任，讨好谄媚津久场，又不敢得罪光崎。说白了，他这样钻营，就是在维护自己立场的同时，又想避免县警内部产生不愉快。

如果要严守警察的职责，就应该当场逮捕光崎；如果是真心维护县警的利益，就应该大度地对光崎的所作所为视若无睹。但栗栖哪一种都不是，他也没有在这二者中做出选择的觉悟。真琴想，这人还真是典型的没有坚定信念、不负责任的管理人员。

古手川就是在这种人的手下工作吗？

这么一想，真琴开始不自觉地同情起古手川了。这种感觉，不是从实习医生的角度，而是从同为打工人的角度出发的。对于一个部下来说，最不幸的事，既不是遇到一个暴君般的上司，也不是遇到一个无能的上司，而是遇到一个根本不想承担责任的上司。

古手川一定也很不好过吧。真琴正想着，古手川本人就出现了。

“哎哟，课长，这是怎么了？带了这么多警官过来。”古手川装傻充愣着走进房间，若无其事地站到了栗栖和光崎的中间。

“你怎么来了？”

“啊，我现在手头有个案子，班长让我来听听光崎教授的意见……不过说起来，课长您可是法医学研究室的稀客啊，是有什么重大案件发生吗？”

“我就是过来预防重大案件发生的。”

就这样，古手川开始询问栗栖事情的经过。古手川的演技简直烂到让围观者忍不住笑场，但好在栗栖并没有流露出一丝怀疑的神色。从这一点，也能够看出栗栖其人的糊涂昏聩。

“是吗，没有获得家属同意就要解剖啊？这还真是愁人啊。”

“你要这么想的话，就也替我劝劝光崎教授，你跟光崎教授的交情可比我深多了。”

“我跟这愣头青可没有交情。”光崎嫌弃至极地说，“跟这种浅薄的人说话，还不如让我跟尸体说话。”

“教授，您也真是的。我总比尸体会说话吧？”

不论心里多么感念他的好意，古手川的话也不会让光崎的脸上露出笑容的。

“课长，更重要的是，这样一来的话不就完蛋了吗？”

“你刚才不就说了吗？”

“不，我说的不是教授，而是我自己。”

“怎么回事？”

“如果没有走正式流程就算是违反尸体解剖保存法的话，那我也是同罪了。”

“你说什么？”

“大宫东署那个栗田益美女士车祸案，您还记得吧。当时其实是我，骗家属说要把遗体带到 Ai 中心，结果给运到了浦和医大的。”

古手川搔搔头，不好意思地看了眼栗栖。

“虽说结果证实，死因不是交通事故，但是那次解剖也没有走正规手续。”

“古手川，你这浑球到底想说什么！”

“如果您现在要逮捕光崎教授的话，这件事就会被抖出来。”古手川十分严肃地说。当初古手川的“犯罪同伙”真琴也憋不住笑了。

“课长，您了解光崎教授的个性吗？一旦拿到调查令开始调查的话，别说是咱们了，就连整个县警都会被他吐槽个遍。这还不算什么，等审讯结束之后，说不定他还会闹到媒体那儿夸大其词呢。如果真弄成这样的话……”

光崎狠狠地瞪了古手川一眼。那抗议的眼神就好像在说：我怎么可能做这种事？但古手川仍然是一脸的若无其事。

不过栗栖却像是遭遇了难题一般，露出沉思的表情，看来他已经完全跳入古手川的陷阱里了。这个人竟然就是统领着搜查一课的人，说起来还真是令人瞠目结舌。

“但、但是，这是你胡搞招来的结果，跟一课和县警都没关系。”

“我也这么想，但是媒体一向爱添油加醋，会说什么就是因为这样大宫东署才没有把那份错误的验尸报告给交上去，都怪上司拦不住属下乱来之类的。反正是绝对不会有人听课长您的解释的，绝对。”

栗栖脸上为难的神色更浓了。古手川的说辞虽混乱不堪，但也是有道理的。

真琴不由自主地凝视着古手川。

他说的话，简直与光崎异曲同工。

真琴又想到了自己。在光崎手下工作的这些时日，自己已经十分自然地掌握了那些曾经认为没有道理的做事方式，自己一定是被荼毒至深了。其证据就是，听了这番话，津久场正用恼怒的目光轮番瞪视着古手川和光崎。

“……那你说应该怎么办？”

“不如我们仰赖经验。”

“经验？”

“迄今为止，光崎教授哪一次的强制解剖是没有成果的？从来没有失手过吧。教授每次都能找出我们警察和其他医生的漏洞，然后成为搜查的关键所在。这已经不是一次两次的偶然现象了。这次也是一样的，如果教授在遗体中发现了犯罪证据的话……”

“你是说，有谋杀的可能性吗？”

“因为教授坚持解剖，所以我相信一定是这样。”

话说到这儿，古手川的语气也没有那么坚决了。或许以他目前的胆量，还无法像诈骗犯都那样信口开河吧。也或许是因为关键人物光崎一直绷着脸不说话，所以古手川的心里也没底。

“怎么可能是谋杀。”津久场激动地走到光崎面前，两人仅仅一步之遥，“这个患者是腹膜炎复发，死于内毒素休克。我是她的主治医生，知道全过程。没能救回这条年幼的生命，作为主治医生我实在是惭愧之至。现在我能做的，就只有把遗体还给她的父母，这也是最起码的诚意。”

“不对。”光崎低声说，“所为医者的诚意，不是这种东西。”

仅仅这一句话，就让古手川振作了起来，“那个时候要是再多调查一下就好了……课长，你这样后悔过吗？”

“什么？”

“渡濑班长亲身参与过昭和末年浦和署的那桩冤案，他对我说，在发现是冤案后，一大批参与案件的相关人员都遭到了处罚，所有参与这起案子的警察和检察官应该都会后悔哀叹，要是再多查查就好了。然而，水泼出去了就再也收不回来了。但是，课长，现在你还来得及。”

栗栖的眼神中立刻浮现出了不安。

“现在还来得及揭露出被隐藏的真相。就算最后什么都没发现，也只会给遗体增加点伤痕、给光崎教授的履历上留下一笔不光彩的记录。不过我们这位教授对这种事可是一点儿都不在乎，所以和课长您之间大概也不会留下什么嫌隙吧。”

栗栖盯了一会儿古手川，恼怒地问道：“你什么时候也学会这一套了？”

“这种话，您现在也不必多问了吧。”

“浑球儿！”

骂完古手川，栗栖将身体转向光崎：“教授，您是心里有了成算才要解剖的，对吧？”

“不开腹的话，谁也不能妄下结论。”

“但是，您这样的话……”

“不过，事实却是，确实是发生了些奇怪的事。这位患者在接受抢救手术之前验了血，但是化验结果却不知道被谁给删除了。她的病历丢了，检查数据也被删了。”

“真的吗？”

“解剖的意义也在于再次确认检查结果，所以这也能勉强成为我这次不符合流程解剖的正当理由吧。这样一来，你们也就需要开始搜查了。”

“嗯，这样就有以信息泄露或盗窃罪来立案的可能了。”听到“正当理由”四个字，栗栖立即转变了风向，“我正好也带了几个警官过来。喂，古手川，你也跟他们会合去。”

“是，这是自然。”

古手川一晃头，看向真琴的方向。他举起了大拇指，脸上的表情仿佛就在说，我表现得怎么样。

或许是认为问题都解决了，光崎一个转身走向解剖室。

“凯茜医生，真琴医生，麻烦你们做术前准备。然后须见护士。”

“啊，到。”

“如果你对患者的死还有疑问的话，等会儿就一起看看吧。辅助解剖可不是轻易就能有的。”

“……明白了。请问解剖服在哪里？”

“你问那两人吧。然后，津久场。”

“干吗？”

“你也来看看吗？”

其他人在顿时鸦雀无声，静观这二人的交锋。

过了一会儿，津久场摇了摇头：“解剖室是你的天下，你爱怎么做就怎么做。我去协助栗栖课长查案。”

“是吗？”

光崎看起来内心毫无感慨，脚步轻快地往解剖室走去。

真琴、凯茜和理惠子三人一起推着推车担架，跟在光崎的身后。

就在这时，真琴才注意到，这是光崎第一次叫她“医生”。

揭开覆在遗体上的白布后，纱雪小小的、纤瘦的身体几乎让人掉下泪来。负责辅助的三人双手合十，深深地低下头。

纱雪妹妹，拜托了。

稍微忍耐一下。

有人隐瞒了你的死因。伴随着你的死被隐藏起来的真相，正在被那个人悄悄埋葬在黑暗之中。

我绝不会允许这种事情发生。

我们一定会弄清楚，究竟是谁把你害得这么苦。

“现在开始。死者为女性，十岁，除抢救手术时的缝针外，身体表面没有其他外伤。内科诊断是由急性阑尾炎导致腹膜炎复发。该死者表示突然腹痛并呕吐，之后进入昏睡状态。开腹时，主刀医师已确认存在脓性腹积水和阑尾周边的溃疡。”

纱雪的腹部用线缝合着。或许是出于死后处理的原因，缝得十分粗糙。光崎认真地将线一一拆除。纱雪已经死了，不理会缝合痕迹、直接开腹是更加快速的办法，但光崎不会这么做，这是他对死者的体恤。

切开腹部后，聚集在体内的腐臭气味喷泻而出。还不习惯恶臭味的理惠子立刻背过了脸。

光崎的手指到达了肝脏。腹腔内有大量的渗出液体，阑尾下方也确实存在溃疡。直到现在，都与主刀医师新井的报告一模一样。

光崎的手指终于到了大动脉。

“解剖刀。”

光崎那骨节分明的手裁断了静脉。

“确认血管内部。”

真琴用显微镜来观察凸出的血管内部。

她立刻注意到了血管内壁上的隆起。

“教授，是静脉瘤！”

“切开肝脏。”

似乎是结果正如他的预料，光崎连一秒也没多思索，就立刻将解剖刀对准了肝脏。一旁观看的凯茜不由得发出吃惊的声音。

“肝窦……扩张了？”

“也能看到一些瘀血。”

“这症状和肝硬化很像。”

“虽然像，但是这不是肝硬化，是加布综合征引发的肝功能不全。”

加布综合征——听到这个病名，真琴就理解了静脉瘤是怎么回事。

加布综合征，指由于大静脉通过肝脏的部分及肝静脉阻塞导致的肝功能受损。肝小叶中心一带的肝窦扩张以及静脉瘤都是典型病症。

真琴再次仔细观察显微镜。没有错，瘤本身就是器质性病变的血栓。

“加布综合征的症状就是腹痛、腹腔积液和呕吐。”

理惠子的脸色变了。

“也就是说，死因并不是内毒素休克？”

“当加布综合征发病剧烈时，体力衰竭的患者死亡也是可能的。腹膜的确有炎症，但是发炎部分其实很少。相较而言，静脉瘤分散在了消化管的各个部位。就算是并发腹膜炎，主因也是肝脏衰竭。”

“但是，这又意味着什么呢？”

“我最开始的时候就说了，检体中检出了过量的纤溶酶原激活剂。这究竟意味着什么，我就算不说，你们也应该能想明白。”

三个女人你看看我，我看看你。

可能性只有一个。

是医院里的某个人，这个人知道纱雪的血管内部有血栓，还用某种方法给她注射了溶栓药。

“不是我！”理惠子突然冤枉地喊道，“我、我给纱雪的药只有凯福隆，从来没有给她用过其他的药……”

“啊，肯定不是你。”光崎一边切除一部分肝组织一边应答道，“溶栓药需要静脉注射。如果是你的话，肯定能弄得更好一点。”

“这是什么意思？”

“来这边，看看右手腕。”

理惠子沿着光崎的指引，凝视着纱雪的右手腕，真琴和凯茜也跟着一起看过来。

手肘内侧残留着数个红色的针头注射痕迹。真琴那次匆忙抽血是抽的左手腕，所以这注射的痕迹绝不是她留下的。

“为什么是右手腕……我一直都是给左手腕静脉注射的。”

“考虑到针头注射进静脉时，存在着刺伤、麻痹神经的可能性，所以注射的时候，一般都不会选择常用手。”

“是的。”

“血管浅的地方要将针头平放，血管深的地方要把针立起来。”

“对。”

“你这种天天给人打针的护士，不可能留下这种注射痕迹。至少可以肯定，这个人不是专业护士，不常给人注射。”

4

光崎等人从解剖室出来，就看到栗栖、古手川还有津久场，都在门前等待着。

“结束了，把遗体还给遗属吧。”

栗栖收到命令，叫了几个警官来搬运承载着遗体的推车担架。真琴和理惠子鞠了一躬，在后方默默目送。

“教授，发现什么了？”

光崎从认真发问的栗栖身边走过，站到了津久场的面前。

“你的注射技术，还是一如既往的差劲啊。”

“……所以直到现在，我都叫护士去做。”

真琴忍不住怀疑自己的耳朵。

“那、那么，给纱雪妹妹进行静脉注射溶栓药的是津久场教授吗？”

面对真琴的提问，津久场小幅度地点了下头。

“是为了扩张血管或者去除血栓吧。那个孩子的血栓必须得去除掉。因为外科手术会发现血栓的存在，所以只能用溶栓药。”

理惠子忽然之间回过神来。

“津久场医生已经用药消炎控制下来了。”

“津久场医生甚至说要亲自抽血。”

当时这些话落在耳朵里，只会让人感受到那份独属于津久场的热心。但事实却并非如此。自始至终，津久场都在寻找亲手给纱雪注射溶栓药的机会。

“如果是这样的话，那带走病历、删除验血数据的也是您吗？”

津久场沉默着。曾在津久场手下工作的真琴知道，这并不是单纯的沉默。这沉默，意味着肯定。

“但是，您究竟为什么要做这种事？既然您知道纱雪妹妹的身体里有血栓，那么您只要向内科或者外科说一声不就好了吗？”

面对真琴连珠炮似的发问，津久场就像是遭遇刺眼强光一样，眯起了眼睛。只不过，他看起来并不打算开口。

“这是因为，有不能说出去的原因。”

众人大吃一惊，往声音传来的方向看去。

这声音的主人是古手川。

栗栖可疑地挑了挑眉：“古手川，你是不是知道什么？”

“毕竟我也一直被光崎医生的命令拖着跑了这么久。时间这么长了，我当然也会独自做些调查。”

“一直？”

“大约是四个月前，光崎医生说，不管是死于疾病、意外事故或是凶杀，只要辖区内出现了死亡案件，且死者有既往病史的，就都要报告给他。不过不管我怎么问，他也没有告诉我理由。”

古手川偷偷往光崎的方向瞥了一眼。

真琴大致了解古手川内心所想。在众目睽睽之下，将这些事情公之于众究竟合不合适呢？他想要获得光崎的指示。

光崎仍然面无表情，保持沉默。如果他不想让古手川继续说下去的话，只需像平时一样讥讽一句即可。光崎的沉默，意味着默许。

古手川大概也是这样理解的。他浅浅地叹了一口气，继续说道：“光崎医生半强制地解剖了五具我辖区内有既往病史的遗体。首先，第一起是峰岸透，其被发现于浦和区皇山町的河岸边。我接到光崎教授的命令，也是以此为契机的。原本该死者的死因被判定为烂醉后冻死，但经光崎教授的解剖，我们发现他的死因是在被投安眠药后冻死的。而且那个时候，光崎教授诊断其为肾梗死，且采集了肾脏皮质的样本。”

真琴想起了来到法医学研究室后，旁观的第一次解剖，那场景还历历在目。那时的自己还畏惧恶臭味与变色的脏器，几乎不敢进行观察。

“第二起，是栗田益美，在大宫体育馆附近发生车祸。大宫东署认为其死于交通事故，但经教授解剖发现，该死者在出车祸前就已经出现脑梗死了。”

那一次解剖的起因，是肇事方的女儿往法医学研究室打的那通电话。真琴从那时才知道，原来法医学不仅可以拯救死者，也可以拯救生者。

“第三起，是真山选手在平和岛竞艇赛中发生的撞击事故。当初大家认为这是由于真山选手操作赛艇不当导致的，但经教授解剖发现，死者由于视网膜坏死导致了视力大幅衰退。光崎教授当时采集了视网膜动脉的标本，动脉是不是也有血栓？”

光崎仍然是一脸不愉快的表情，继续保持着沉默。

“我这样一直不停地说下去真的好吗？光崎教授，您也说点什么啊？”

毫无回应。古手川只好放弃，继续他的讲述。

“第四起，是被送到浦和医大急诊的柏木裕子。原本她被诊断为由于支原体感染导致的肺炎，不过解剖后发现，其真正死因是肺栓塞。接下来，今天就是第五起，解剖前诊断为腹膜炎复发，但最终的结果呢？”

被提到的光崎看起来并不打算开口，所以凯茜代为答道：“古手川刑警，患者是加布综合征。”

“没怎么听说过这个病啊，病因是什么呢？”

“肝静脉阻塞导致的肝脏衰竭。这个患者的情况，是血管中出现了器质性的血栓。”

“血栓，我就知道。”

似乎是被光崎的冷面给传染了，古手川的表情也严肃了起来。

“刚才的五起案件中，共有四个共同特点。第一，全员都有既往病史，且均在浦和医大接受过治疗。第二，全员都有类似的病症：峰岸透是肾梗死，栗田益美是脑梗死，真山选手是视网膜动脉堵塞，柏木裕子是肺栓塞，然后仓本纱雪是加布综合征。且所有疾病的发病原因都是由于血管中出现了血栓。”

真琴的后背嗖地滑过一阵寒意。

古手川的话语中，飘浮着越来越多的危险因素。真琴预感到，如果再让他说下去的话，恐怕就会带来无法挽回的悲剧。

即将到来的真相太过恐怖。

但真琴却并不打算阻止古手川。这是因为，真琴意识到，恐怖也好，残酷也罢，如果不让真相浮出水面，自己也就永远无法前进。

“第三个共同特征，是有关既往病史种类的。峰岸透曾患膀胱炎，栗田益美曾患败血症，真山选手是支气管炎，柏木裕子是肺炎，然后仓本纱雪是腹膜炎。这些症状都有共同需要使用的药剂，那就是……”

“已经，够了。”

从房间的角落传来微弱的声音。

是津久场。

“接下来，我来替你说吧。这五个病症的共同之处就在于，都适用于使用抗生素。”

真琴不禁闭上了双眼。

这是她最不希望看到的场景，但终究还是成真了。

“头孢曲松钠。顺便把第四个共同点也说了吧，这五个人的主治医生都是我。你已经调查到了吧？只要问问医院的工作人员，立刻就能知道。”

听到头孢曲松钠这个药名，理惠子也像是想到了什么似的，倏地瞪大了她那双写满惊愕的眼睛。

大概这些人当中，唯一不了解状况的就是栗栖了。他用困惑的目光问古手川：“头孢曲松钠？这个药有什么问题吗？”

“单独使用头孢曲松钠是没有问题的，不过……”

古手川从胸前的衣兜里拿出一张折成了四角形的纸片。古手川打开它，原来是一张报纸的复印件。

“这是最近发生的事件。一位韩国公使在吃完三明治后表示肚子疼，第二天被送到医院后，刚打上点滴就呼吸困难，随即死亡。原因是打点滴的时候同时使用了头孢曲松钠。头孢曲松钠遇到含有钙元素的输液后，不仅会变得混浊，还会在血管内部产生多余结晶，从而产生血栓。”

“结晶？也就是说这五名患者都出现的血栓，是从头孢曲松钠产生的结晶而来？”

“是的。但是津久场教授，为什么会发生这种事呢？”

津久场自首一般地回答道："去世的公使虽说症状有些极端，但确实是由于报告延迟才导致的灾祸。虽说在事件发生前，制药企业和 FDA[①] 已经发出警告，称含钙元素的药品与头孢曲松钠不可同时使用……但是太迟了。在我知道这起事件的时候，我已经给好几名患者在使用了头孢曲松钠的同时还打了含钙输液，而且他们全都出院了。"

真琴是第一次听说头孢曲松钠的事。即便身在医疗第一线，也不可能保证全体医护人员都知道这一类报告。

真琴将一切都串联起来了。怪不得在纱雪再次住院时，津久场要给她使用溶栓药，来溶解她那不为人知的血栓。

"您没有想过公开这件事吗？"

"要真的这么做了，得成什么样子。"

津久场的声音充满了自嘲的味道。

"媒体记者那群鬣狗抓住这件事，肯定要大肆宣扬医疗失误什么的。起因是药剂副作用，所以即便是提起诉讼，我们这边大概也不会输。不过，就算仅仅是做应诉准备，就得花费多少时间和精力？我们大学本来就忙得不可开交，哪有多余的时间来应付这些事？"

"那么您是为了自己的地位和荣誉吗？"

"如果说我一点都不在乎这些，那绝对是假话。不过我的最优先级，真的是我们大学的名誉。"

---

① 美国食品药品监督管理局。

这样至少可以给自己点安慰，真琴想，这的确是津久场会有的想法。

然而，还有一个问题没有解决。那就是光崎为什么要这么做。

“古手川刑警，为什么光崎教授让你去调查那些有既往病史的患者呢？”

“光崎教授给我下这道命令，是在对峰岸进行司法解剖之后。光崎教授那个时候可能已经想到血栓的由来了吧。教授，我说得对吗？”

即便如此，光崎仍然不打算作答，只是一个劲儿地盯着津久场。而津久场的视线也没有从光崎身上移开。

“光崎教授，您在一个人调查医疗失误的原因、让第三者揭晓谜底之前，就没有想过警告津久场教授……”

“闭嘴！你这小子。”

虽说措辞如常，但口吻却不似平常那般粗野。

“根本连多少经验都还没有呢，不要仅凭浅薄的想象就来评说别人。”

说罢，光崎从众人的身边走过，离开了房间。

被无视的津久场总算浮现出一丝笑意。

“栗栖课长，真羡慕你，有这么优秀的部下。”

“啊……”

“我想你还需要更详细地问话吧。不过不好意思，能给我一点时间吗？如果我很长一段时间都不在这里的话，有些事情必须得去交代一下。”

“知道了。”

在栗栖的引导下，津久场也离开了房间。

古手川跟在这二人身后，理惠子低声喊着“津久场医生”，也跟着飞奔了出去。

就这样，只有真琴和凯茜二人还留在那里。

第二天，真琴打开法医学研究室的大门，发现光崎和凯茜都在。

“早、早上好。”

“Good morning，真琴。你是不是睡懒觉了？怎么今天比平时来得晚啊？”

“因为我想着，这个时候教授也会在……”

光崎闻言，用尖锐的目光睨了一眼真琴。

“你也有话想说？难不成你也想重复那个浑小子的牢骚话？”

光崎的态度看起来比平常更差。

原因显而易见。从昨天开始，医院里到处都是穿制服或便服的警察，大门外挤满了前来采访的摄影机和麦克风。别说患者了，就连医生护士都没办法安下心来专注于治疗。

身陷问题旋涡的津久场正在县警本部接受问讯。据古手川说，津久场态度平静、供认不讳，搜查也进展得十分顺利。

不过，浦和医大的高层则是乱成了一锅粥，一大早就召开了理事会讨论善后方案，例如该如何安抚相关患者家属、应付媒体，以及如何应对即将到来的集体诉讼等。

但是，不论会议做出什么决定，浦和医大，特别是内科遭到批判都是不可避免的。听说内科主任要换人，而且还会有许多人被降职或调转到其他科室。如果处理得更加严格，弄不好整个大学的高层，乃至相关的组织体系都会遭遇大撤换。

只不过，令光崎心情烦闷的应该另有原因。

“今天，我是来向光崎教授您道歉的。”

真琴站在光崎面前，她已经准备好被责骂了。

“皇山町的案件刚得到解决没多久，津久场教授就要求我关注光崎教授您的动向。我一直以为，他是害怕您总是无视警察和学校的意志，一个劲儿地想要增加解剖实绩。”

“啊，原来如此。”

凯茜了然地点了点头：“是津久场教授想试探自己的医疗失误有没有暴露吧。”

根据津久场的供述，他是在看到韩国公使的新闻之后，才注意到了自己的医疗失误，而后旋即，其中一位患者就成了杀人案中的被害者，做司法解剖的又是光崎。这件事情的发生让津久场感到恐惧。他开始害怕，老练的光崎会发现血栓的真正成因。

光崎的单独调查，就是从那时开始的。

“津久场教授让我将每次司法解剖的细节都详细报告给他。我太愚蠢了，完全弄错了教授的意图。”

真琴说到最后，声音弱了下去。

她的体内血气翻涌。如果可以的话，真希望能立刻从这里消失。

“我背叛了您，也背叛了凯茜副教授的信赖。我不会为自己辩解的。即便是被津久场教授欺骗了，但我是间谍这一事实不会有任何改变。我真的感到非常抱歉。”

真琴弯下腰，深深地低下了头。真琴并不认为只要这样鞠躬道歉就会获得原谅。但可悲的是，这是她现在唯一能做的事。

“然后，那个……我知道现在这个时候说这种话确实是恬不知耻，但是，光崎教授，您可以让我继续跟着您一段时间吗？”

话说出口，真琴感到自己的脸被灼得生疼。

这是多么自私自利的请求啊，连真琴自己都感到震惊。但是比起什么都不说徒增后悔，倒不如把话说出来，哪怕是遭到轻蔑嘲讽也没关系。

“我还记得自己第一次来到法医学研究室的那一天，凯茜医生让我读了希波克拉底的誓言。其实说实话，那段古人的誓言当时并没有打动我。‘我愿尽余之能力与判断力之所及，遵守为病家谋利益之信条，并检束一切堕落及害人行为，我不得将危害药品给予他人……我之唯一目的，为病家谋幸福，并检点吾身，不做各种害人及恶劣行为。倘使我严守上述誓言时，请求神祇让我生命与医术能得无上光荣，我苟违誓，天地鬼神共殛之。’但是现在，现在我感觉自己能够稍微理解一点了。”

实在是太神奇了。在医治活着的患者时一点儿都感受不到的东西，却在与死者对话之后，开始浮现出了一点模糊的轮廓。

真琴想，这一定是因为死者是沉默的。不论怎么发问，死者都不会喋喋不休地予以回答。于是医者只能不停地自问。这样一来，自己所欠缺的东西、对方所需要的东西，就会自然而然地浮出水面。

“作为一名实习医生，我知道自己还不成气候。但是我真的希望自己能够尽快成为一名优秀的医生，成为一名将希波克拉底的誓言刻在心间的、堂堂正正的医生。光崎教授，无论如何，求求您了。”

真琴低着头，等待着光崎的答复。

然而，什么回答都没有。

真琴的心脏几乎快要紧张到破裂。她再也无法忍受这种紧张感，缓慢地抬起了头。

光崎不知什么时候站到了她的面前。

“随你便。”

光崎只留下这三个字，便从真琴身边擦过，走出了房间。

慢慢地，真琴的眼中热意涌动。

凯茜走上前，伸出了右手。

“Welcome，真琴，欢迎来到法医学研究室。”